KB150122

극장판 도라에몽

진구의 달 탐사기

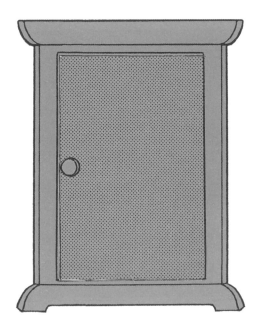

원작 **후지코.F.후지오**
글 **츠지무라 미즈키**
옮김 **김해용**

베가북스
VegaBooks

진구의 달 탐사기

SHOSETSU EIGA DORAEMON NOBITA NO GETSUMEN TANSAKI

by Fujio · F · Fujiko, Mizuki TSUJIMURA

Copyright © 2019 Fujiko Pro, Mizuki TSUJIMURA

All rights reserved.

Original Japanese edition published by SHOGAKUKAN.

Korean translation rights arranged with SHOGAKUKAN

through THE SAKAI AGENCY and ENTERS KOREA CO., LTD.

이 책의 한국어판 저작권은 The Sakai Agency 및 ㈜엔터스코리아를 통해 Shogakukan과
독점 계약한 베가북스에 있습니다. 저작권법에 의해 한국 내에서 보호를 받는 저작물이므로
무단 전제와 무단 복제를 엄격하게 금합니다.

소설 극장판 도라에몽

진구의 달 탐사기

원작 **후지코.F.후지오**

글 **츠지무라 미즈키**

옮김 **김해용**

작화 후지코.F.후지오

작화협력 무기와라 신타로

북 디자인 나쿠이 나오코

목차

달은 인간이 살기엔 가혹한 세계다.

우선 공기가 없다. 이것은 인간이 살아가는 데 꼭 필요한 산소가 없다는 뜻이다. 즉 숨을 쉴 수가 없다. 최근 관측에서 얼음의 존재는 확인되었지만, 액체인 물이 거의 없다.

게다가 기온 차도 심하다. 달의 주간 최고 온도는 110도. 야간의 최저 기온은 무려 영하 170도나 된다. 둘 다 인간이 살아갈 수 있는 기온과는 거리가 먼데다가 하루 동안 무려 300도 가까이 차이가 나는 셈이다.

이 '하루' 역시 지구처럼 24시간이 아니다. 달의 '하루'는 지구의 29.5일. 참으로 길어서 지구 시간으로 치면 거의 2주 정도의 낮과 밤이 번갈아 계속된다.

인간이 달에 처음 내려선 것은 1969년이다. 미국 우주선 아폴로 11호의 승무원이 달 표면에 첫 발자국을 찍었다.

달의 중력은 지구의 6분의 1. 그 때문에 몸이 둥실둥실 가벼워진다. 큰 우주복을 입은 승무원이 한 걸음씩, 천천히 발을 내디딜 때마다 그 밑에서 달의 모래가 출렁하고 부드럽게, 그리고 크게 춤추듯 피어올랐다. 그 모습을 수많은 지구인이 달세계에 대한 동경을 가지고 지켜보았다.

달은 인간이 살기에는 너무나 가혹한 세계.
하지만 그것은 어디까지나 '인간에게' 그렇다는 말.

달의 상공을 지금 빛나는 점 하나가 느릿하게 이동한다. 지구에서 쏘아 올린 달 관측 위성이다.

달의 하늘은 공기가 없는 만큼, 별들이 매우 아름답고 선명히 보인다. 넓디넓은 우주의 별들이 빛나고 있는 달의 하늘을 관측 위성이 지나간다.

달 세계는 요즘 여러 국가의 기술에 의해 서서히 관측되고 있다.

위성에서 보내는 신호를 잡는 한 대의 로봇이 지금 달에서 천천히 움직이기 시작했다. 눈으로 인공위성의 움직임을 쫓듯이 위쪽에 달린 카메라를 들어 올려 그저 넓기만 한 달 세계를 렌즈가 포착한다.

정부의 고급 기술을 탑재하여 만든 달 탐사기.

달의 표면은 레골리스라는 이름의 고운 모래로 덮여 있다.

달 표면의 울퉁불퉁한 모양은 운석이 충돌한 흔적으로, 크레이터라고 한다. 대기에 의해 보호되는 지구는 운석이 대부분 대기권에서 불타 사라지기 때문에 지표면에 그대로 떨어지는 일은 좀처럼 없지만, 대기가 없는 달에서는 운석이 떨어지는 것을 피할 수 없다. 그렇게 지표면이 깎여 나간 결과 고운 레골리스가 생겼고, 그것이 지표면 전체를 뒤덮게 되었다.

달 탐사기의 다리 부분은 캐터필러라고 불리는 전차나 크레인과 같은 구조의 것이다. 벨트 모양으로 연결된 판을 차바퀴로 돌림으로써 가기 힘든 곳도 갈 수 있다. 그 다리가 레골리스를 밟으면서 관측을 계속한다. 달 탐사기가 남긴 발자국이 가느다란 두 줄기가 되어 달 표면에 생겨난다.

일정 시간을 움직였다가 멈추고, 정지한 상태에서 몇 장의 사진을 촬영한다. 그 데이터를 상공에서 비행하는 위성을 통해 지구로 전송한다. 화면에 비친 것은 한없이 넓은 달의 언덕과 지표면.

방금 다시 한 번 사진을 찍었다. 위성이 달 탐사기의 신호를 수신한다.

그때.

인간이 살기에는 가혹한 달 표면의 커다란 바위 그늘에 문득 뭔가가 지나갔다.

달 탐사기의 카메라는 움직임에 반응하도록 만들어졌다. 애당초 그것은 운석의 충돌 등을 포착하기 위해 설치된 것이지, 생물을 포착하기 위한 것은 아니다. 달세계에 생물이 있다는 건 상상할 수도 없는 일이었으므로 당연하다.

달 탐사기의 카메라가 관측을 다시 시작한다. 뭔가 움직이는 것을 향해 캐터필러가 방향을 바꾼다. 그림자가 스친 바위 너머로 달 탐사기가 돌아 들어갔다. 그곳에 있는 뭔가 하얀 그림자가 카메라에 확실히 포착된 것처럼 보인 그때였다.

달 탐사기 뒤에서 뭔가 번쩍였다. 갑자기 빛을 발한 눈부신 그것을 향해 달 탐사기의 카메라 부분이 지체 없이 방향을 바꾸었다.

순간.

카메라를 향해 갑자기 몇 개의 기둥줄기가 솟아오른다. 회오리바람처럼 소용돌이 모양으로 변한 레골리스의 기둥. 두두두- 하고 마치 기관총을 쏘듯 몇 줄기씩이나. 그 기둥줄기의 아랫부분이 희미하게 빛나고 있었다.

그때까지 조용하던 달에 마치 강한 바람이 불어 닥친 듯한 충격이 전해온다. 대기가 없는, 그래서 바람도 없을 지표면에 기둥줄기가 몇 개씩이나 연달아 솟구쳐 올랐다. 그 충격이 가까워진다.

퍽 하고 소리가 났다. 영상을 통해 그 소리까지 전달되는 게 아닐까 싶을 정도로 세차게 카메라를 덮쳐 온다. 그것에 머리를 호되게 부딪힌 듯 달 탐사기의 카메라가 부서진다. 위성과의 신호 전달이 차

단된다.

　마지막으로 전송된 그 화상만을 남기고 달 탐사기의 기능은 정지됐다.

　수수께끼의 충격과 빛의 여파를 남긴 채 화면이 새까매진다.

제1장. 이설 클럽 멤버스 배지

"진구야!"

노씨 집안의 아침. 평소와 다름없이 어머니의 목소리가 이날도 집 전체에 울려 퍼졌다.

그 목소리에 "네, 네, 네!" 하고 대답한 것은 이 집안의 장남인 노진구.

지각이 잦고, 뚱보에다 운동도 못해, 학교 성적 역시 빵점짜리가 수두룩이지만 정말 착한, 안경을 쓴 초등학교 남자아이다.

"지각, 지각, 지각이다!"

책가방의 덮개를 닫는 둥 마는 둥 계단을 뛰어 내려온다. 서둘러 내려오느라 두 계단씩 뛰다가 다리가 엉켰다. 결국, 바닥에 얼굴부터 착지한다. 그 탄력으로 책가방 덮개가 메롱—하고 열려, 교과서며 노트 같은 내용물이 모두 쏟아져 나오고 말았다.

"으아, 이게 무슨 꼴이람!"

교과서를 머리에 뒤집어쓰고, 바닥에 부딪힌 턱을 문지르며 진구가 한탄한다. 바로 그때, 어떤 목소리가 들려왔다.

〈이어서 달의 미스터리에 관한 소식입니다.〉

목소리는 거실 텔레비전에서 나오는 것이었다. 빨갛게 변한 턱을 문지르며 진구가 목소리에 이끌려 텔레비전 앞으로 향한다.

뉴스가 흘러나오고 있었다. 아나운서 뒤에 동그랗게 빛나는 달 사진이 있다.

〈달 탐사기가 수수께끼의 하얀 그림자를 카메라로 포착했습니다. 이게 그 영상입니다.〉

영상이 바뀐다. 달 탐사기가 촬영한 게 분명하다. 그저 넓기만 한, 달인 것으로 보이는 어두운 지면이 비친다.

〈황량한 달에 갑자기 나타난 하얀 그림자.〉

진구는 "앗." 하며 눈을 부릅떴다.

확실히 '하얀 그림자'가 비쳤다.

암석의 그늘에 하얀 뭔가가 비쳤고, 진구의 눈에는 그것이 곧바로 숨는 것처럼 보였다. 누군가가, 자신의 의지로 그렇게 한 것처럼.

아나운서의 목소리가 이어진다.

〈또한 이 영상을 마지막으로 달 탐사기와의 통신은 두절되었습니다. 전문가들 사이에서는 태양 플레어에 의한 자기폭풍 영향으로 보인다며…….〉

화면은 달에서 다시 스튜디오로 바뀌었고, '태양 플레어'에 대한 설명 화면이 나왔다. 태양에서 일어난 폭발이 통신 등에 영향을 미칠 수 있다는 설명이었지만, 진구는 텔레비전 화면에 더는 관심이 없었다.

"방금, 혹시…….."

진구가 등 뒤로 기분 나쁜 기운을 느낀 것은 그때였다.

"진구!"

깜짝 놀라 돌아보자 복도에 어머니가 서 있었다. 진구의 책가방에서 쏟아진 교과서와 노트가 아직도 흩어져 있다. 어머니가 힐끗 진구를 보았다.

"텔레비전 볼 때니, 지금!"

그 목소리에 서둘러 교과서를 쓸어 모아 책가방에 담았다. "네, 네, 네!" 하고 대답하며 서둘러 신발을 신고, 집을 뛰쳐나왔다. 책가방 덮개를 닫는 것은 또 잊은 채.

"다녀오겠습니다!"

등 뒤에서 교과서와 노트가 크게 흔들린다. 서둘러 학교로 향했다.

교문에 도착하는 것과 동시에 수업 종이 울렸다.

보통은 교문에 도착하기 전 이미 수업 종 소리가 끝난 경우도 많았으므로 진구로서는 성공적인 등교였다. 다만, 여기서 방심하면 진짜 지각하고 만다. 딩동댕동– 하는 소리를 들으면서 아무도 없는 운동장을 단숨에 달려간다.

불현듯 계절이 급격히 가을로 들어선 것을 실감했다.

운동장의 은행나무 이파리가 어느샌가 노란색으로 물들어 있었다. 얼마 전까지만 해도 반팔 옷도 괜찮았는데, 이제는 긴 소매 옷이 아니면 춥다. 밤이 되면 그 위에 한 벌 더 껴입어야만 하는 날도 많아졌다.

"안녕. 휴~ 겨우 안 늦었네."

교실에 도착해서 가슴을 쓸어내린다. 하지만 아무런 반응이 없다. 이상하다고 생각하며 얼굴을 들자 반 아이들 모두가 교실 한복판에 모여 두런두런 이야기를 나누고 있었다. 선생님은 아직 안 오셨다.

둥글게 둘러선 아이들 한복판에 있는 것은 퉁퉁이.

본명은 만퉁퉁. 몸집이 큰 진구네 반 골목대장이다. 목소리가 크고 난폭하며, 운동신경은 좋지만 공부는 못한다. 진구 역시 지금까지 퉁퉁이에게 장난감이며 만화 같은 걸 빼앗기거나 사소한 일로 얻어맞은 적도 있었다. 하지만 사실 퉁퉁이는 눈물에 약하고 친구를 위하는 면도 있다. 큰 목소리로 부르는, 그 음치 노래만은 제발 참아주면 좋겠는데, 본인은 진심으로 자기가 노래를 잘 부른다고 생각해 장래 꿈도 가수가 되는 것이다.

퉁퉁이가 말했다.

"그 달 뉴스, 우주인이 찍힌 거라고 말하는 애도 있던데? 즉 달에 사는 '달 인간'이라고 말이야!"

흥분한 그 목소리를 듣고 진구는 다른 아이들도 오늘 아침 뉴스를 보았다는 걸 알았다. 아마도 그 '달 미스터리'에 대해 한창 떠드는 중인 듯하다.

퉁퉁이를 가로막으며 다른 목소리가 말한다. 비실이다.

"아니, 달 탐사기의 영상이라는 그거, 한 컷씩 보내온 사진을 재생한 거라서 영상 사이에 잘못 들어간 먼지가 그렇게 보였을 뿐이야."

비실이다운 의견이었다. 왕비실은 아버지가 사장님이라 장난감과 만화를 잔뜩 가지고 있는 부잣집 아들. 그래서 한바탕 늘어놓는 자기 자랑에 진절머리가 난 적도 많지만 이런 식으로 묘하게 박식한 구석이 있다.

"보내온 사진을 재생한다는 게 무슨 말이야?"

진구도 의문스러웠던 것을 이슬이가 대신 물어봐준다. 얌전한 얼굴로 고개를 끄덕이는 이 귀여운 여자아이는 신이슬. 머리가 좋고 착하며, 목욕을 좋아하는 예쁜 여자아이다.

여자아이의 질문에 신이 났는지 비실이가 특이하게 뾰족 튀어나온 머리를 한 번 어루만지고 나서 득의양양하게 대답한다.

"비디오처럼 계속해서 영상으로 촬영한 게 아니라 한 장, 한 장을 짧은 시간 안에 많이 찍어 연결한 후 움직이는 것처럼 보여주는 거야. 곧바로 통신이 두절됐다고 했으니까 그때 잠깐 들어간 먼지나 티끌이 그런 그림자로 보였던 것뿐이야."

"틀림없이 통신이 두절됐다고 텔레비전에서도 말했어. 그럼 대체 어떻게 된 거야……."

퉁퉁이와 비실이, 그리고 이슬. 모두 진구와 지금까지 몇 차례 모험을 한 동료들이다. 늘 함께 있는 것도 아닌데도 말이다. 특히, 퉁퉁이나 비실이는 진구와 싸운 적도 많다. 뭔가 신기한 인연으로 맺어진 것처럼 진구는 그들을 동료라고 생각하고 있었다.

동료. 그러니까 친구.

그런 친구의 의견을 들으면서 진구는 이상하게 생각했다. 왜 모두 그런 간단한 걸 눈치채지 못하는 걸까?

비실이의 의견이 나왔는데도 아이들은 모두 여전히 제멋대로 떠들어대고 있었다.

"먼지가 아니라 유령이야."

"유령?"

"그럼 엑토플라즘은 어때? 인간의 영혼 같은 거."

"왜 그렇게 되는 건데?"

와글와글 웅성웅성, 즐거운 듯 흥분한 모두의 목소리에는 여전히 진구가 생각하는 정답은 없었다.

모두, 정말로 아직 눈치채지 못했어!

"에~, 에헴!"

책가방을 멘 채, 과장된 헛기침을 하자 열심히 의견을 주고받던 반 아이들 모두가 일제히 진구 쪽을 돌아보았다. 모두의 주목을 한 몸에 받으며 진구가 오른손 집게손가락을 높이 치켜세웠다.

"달에 있던, 그 하얀 그림자의 정체……."

마치 탐정이 그럴싸하게 추리하여 범인의 이름을 말하듯이, 그 손가락을 천천히 내리며 말했다.

"그건, 달 토끼야!"

아주 오래전부터 들어왔던 말이다. 달에는 토끼가 있어서 떡을 찧고 있다. 달의 모양이 떡을 찧는 토끼처럼 보인다고, 진구가 어렸을 때부터 어른들도 말했다. 오늘 아침, 영상을 보고 나서 진구는 틀림없다고 생각했다.

교실이 찬물을 끼얹은 듯 조용해졌다.

다음 순간, 모두가 '왜 아무도 그걸 눈치채지 못했지?'하고 놀라며 진구를 칭찬하리라 생각했다.

하지만 그렇게 되지는 않았다.

잠깐의 시간이 흐른 후, 진구를 휘감아 온 건 칭찬의 말이 아니라 크디큰, 마치 사람을 바보로 여기는 듯한 웃음소리였다.

"꺄하하하하하하!"

"진구, 너 그 말 제정신으로 하는 거냐?"

"진구답다."

아이들이 웃는데도 진구는 그게 왜 이상한 건지 알 수 없었다. 그렇다면 퉁퉁이와 다른 아이가 말한 달 인간이나 엑토플라즘이란 말에도 웃어야 했는데, 그런 의견과 자신의 토끼 의견이 뭐가 다르다는 말인가.

"왜? 달에는 토끼가 살고 있다고들 하잖아!"

여전히 납득이 되지 않았지만 그래도 친구들이 웃어대는 통에 자신도 모르게 주춤 칠판 쪽으로 한 걸음 물러섰다. 손에 뭔가가 닿았다. 선생님이 수업 시간에 사용하는 긴 교직원용 자였다.

다들 달 표면의 토끼와 꼭 닮은 그 모습을 모르는 것일까. 자를 손에 들고, 진구가 "이렇게." 하며 열심히 떡 찧는 흉내를 낸다.

"이런 식으로 떡을 찧고 있는……."

그렇게 자를 막 휘두르려던 그때였다. 다른 데 정신이 팔려 드륵하고 교실 문 열리는 소리를 전혀 듣지 못했다.

찰싹, 하는 소리와 손에 전해지는 딱딱한 충격.

어라, 하고 생각하며 조심스럽게 고개를 들었다. 그러자 그곳에 선생님이 있었다. 진구의 손에 들려 있던 자에 얼굴을 강타당한 선생님이.

"노진구……."

선생님의 목소리는 노기로 부들부들 가늘게 떨리고 있었다. 무서워서 대답도 못하고 있는 진구에게 선생님이 크게 한숨을 들이쉬며 말했다.

"복도로 나가 서 있어!"

시키는 대로 복도에 섰다.

모처럼 지각도 하지 않았는데 덩그러니 혼자 서 있는 복도에서 진구는 너무 분하고 슬펐다. 천장을 올려다보며, 소리쳤다.

"도라에몽!"

진구가 생각하는 또 한 명의 소중한 동료, 친구의 이름. 도움을 청하듯 그 이름을 불러본다.

하지만 진구의 소중한 동료—일 것으로 생각했던 도라에몽은 돌아온 진구의 이야기를 듣자마자 무례하기 짝이 없을 만큼 배꼽을 잡고 웃었다.

"달에 토끼가? 우하하하하하! 어떻게 그런 바보 같은 생각을 할 수가 있지?"

읽고 있던 책을 내팽개치고 주변의 물건들을 발로 차면서 웃는 그 모습에 진구는 자신도 모르게 화가 났다.

"에잇! 도라에몽까지 나를 바보 취급하는 거야!"

분했다. 적어도 도라에몽이라면 자신의 의견을 진지하게 들어줄 거라고 믿으며 집까지 돌아왔는데.

도라에몽은 22세기 미래에서 온 로봇이다. 진구의 손자의 손자인 노장구라는 소년이 '늙어 죽을 때까지 즐거운 일 하나 없을 것 같다'는 진구를 '무시무시한 미래'로부터 구하기 위해 미래에서 현재의 진구 집으로 데리고 왔다.

도라에몽의 몸 안에 있는 4차원 주머니에는 미래 세계의 비밀 도구가 가득하다. 지금까지 진구도 그것의 도움을 몇 번이나 받기도 했고, 혹은 멋대로 해석하여 잘못 사용하는 바람에 곤란한 처지에 몰린 적도 있었다.

"좋아, 마음대로 해. 다 같이 합세해서 날 바보로 생각하든 말든."

도라에몽에게서 등을 돌리며 방구석에 철퍼덕 주저앉는다. 화난 표정으로 쌔앵 얼굴을 외면한다. 언제나 도라에몽만은 자신의 이야기를 무턱대고 부정하지는 않았던 것 같은데.

"어른들도 달에는 토끼가 살고 있다고 우리한테 자주 이야기해줬는데, 언제 사라진 거야."

무엇보다 왜 사라졌다고 판단한 것일까. 아직 누구도 달의 모든 것을 보지 못했을 텐데.

뾰로통해진 진구를 보며 도라에몽이 못 말리겠다는 표정을 짓는다. 귀찮다는 듯 머리를 긁적이다가 문득, 그 표정이 뭔가 짚이는 게 있다는 듯이 변했다.

"하지만 말이야, 네 그 생각이 완전히 틀렸다고 말할 수는 없지."

진구가 '앗' 하는 표정으로 도라에몽을 돌아본다. 4차원 주머니를 뒤져 도라에몽이 비밀 도구를 꺼낸다.

"'이설 클럽 멤버스 배지(영화에서는 '같은 것을 믿게 하는 배지'라는 이름으로 불린다−편집자 주)'!"

팽이처럼 빙글빙글 돌면서 나타난 것은 작은 배지였다. 회전을 멈추고 도라에몽의 손 위에 놓이자, 원 안에 한 줄기 선을 가로질러 그려넣은 듯한 마크가 있는 것이 보였다. 알파벳 'e'자와도 비슷했다.

도라에몽이 손에 들고 있는 것은 하나였지만 옆에 놓인 상자에는 그것과 똑같은 배지가 많이 들어 있는 것 같았다. 그리고 웬일인지 스탠드식 마이크 같은 것도 있었다.

"이설?"

한 번도 들어본 적 없는 말이다. 외면하고 있던 걸 그만두고 도라에몽에게 달려간다. 도라에몽이 크게 고개를 주억거렸다.

"이 세상에는 여러 생각을 지닌 사람이 있어. 하지만 이 배지를 달면 모두 같은 생각을 가진 동료가 되지."

"여러 생각이라는 게 뭔데?"

아직 감이 오지 않는다. 도라에몽이 다시 설명해주었다.

"예를 들어 지구는 둥글고 태양 주위를 돌고 있다, 이건 모두가 알고 있는 사실이겠지? 진구 너조차도."

"너조차라니, 너조차라니!"

"자자, 흥분하지 말고. 그런데 옛날엔 이걸 '지동설'이라고 해서, 잘못된 생각으로 여겼어."

"그럼 옛날 사람들은 어떻게 생각하고 있었는데?"

진구가 물어보자 도라에몽이 배지를 손에 올려놓은 채 말을 이었다.

"옛날 사람들은 지구가 우주의 중심에 있고, 태양도, 달도 별도 그 주위를 돌고 있다고 믿었어. 이런 생각을 '천동설'이라고 해. 그보다 훨씬 더 옛날에는 지구가 둥글다는 건 꿈에도 생각 못했고, 그냥 평평하다고 믿는 사람들이 많았지."

도라에몽의 설명을 들으면서 상상해본다. 지구만 움직이지 않고 그 주위 별들만이 움직이는 세계.

"하하하, 옛날 사람들은 다 바보였네."

자신도 모르게 소리치자 도라에몽이 작은 목소리로 "아까 자기가 어땠는지도 모르고 말은 잘하네." 하고 불쑥 중얼거렸다. 배지를 자신의 가슴에 달고 아까 배지와 함께 꺼낸 마이크를 진구 책상 위에 턱 하니 올려놓았다.

"'사실은 천동설이 옳다'!"

도라에몽이 목소리를 불어넣은 순간, 마이크 위쪽에 달려 있던 안테나 같은 부분이 위잉- 하고 소리를 내며 빛과 함께 돌아가기 시작했다.

"이 배지를 달아봐."

도라에몽이 배지를 건네준다. 그 마크를 찬찬히 바라보고 나서 가슴에 달자 배지는 핀으로 구멍을 낼 필요도 없이 찰싹, 달라붙었다. 그 순간 배지 안쪽에서 화악- 하고 따뜻한 빛이 새어 나오는 듯했다.

어느샌가 방에는 '어디로든 문'이 생겨나 있었다.

"자! 세계의 끝을 보러 가볼까!"

진구의 머리에 '대나무헬리콥터'를 달아주며 도라에몽이 손을 잡아끈다. 문 저편으로 함께 뛰쳐나갔다.

"잠깐만!"

아직 어떻게 된 것인지도 모른 채 도라에몽과 함께 문을 지나자 그곳은 하늘이었다. 공중에 떠 있는 문에서 도라에몽이 이끄는 대로, 아래를 향해 내려간다. 그러자 소리가 들려왔다.

콰아아아아— 하는 엄청난 소리.

물소리였다.

얼굴을 들며 진구는 숨을 삼켰다. 지금 보고 있는 게 믿기지 않았다.

그곳은 바다였다. 다만 진구가 알고 있는 그런 바다가 아니다. 그것은 말하자면 '바다의 끝'. 도라에몽이 말한 대로 '세계의 끝'이었다.

이 끝은 진구가 지금까지 수평선이라고 부르던 그것일까. 거대한 바다가 뚝 끊기고 거기서부터 엄청난 양의 바닷물이 폭포처럼 떨어지고 있다. 여기가 평평한 지구의 가장자리. 끝인 것이다.

"배지를 달고 있는 사람에게만, 즉 이설 클럽의 멤버에게만 '천동설'의 세계는 진짜가 돼."

할 말을 잃은 진구 옆에서 도라에몽이 자랑스럽게 배지를 배지를 보인다.

그때 진구가 크게 소리쳤다.

"앗! 저 배, 떨어진다!"

커다란 파란색 유조선이 지금, 그야말로 지구의 끄트머리, 폭포 같은 부분으로 접근해 간다. 이대로 가면 바다에서 추락하고 만다!

진구가 서둘러 도와주려고 팔을 뻗는데 당황한 듯 도라에몽이 진구의 반대쪽 팔을 잡아당겼다.

"괜찮아! 다른 사람들에게는 그냥 둥근 지구 세계니까. 배지를 떼어봐."

"어?"시키는 대로 배지를 떼었다. 그러자 그 순간, 금방이라도 바다 끝에서 추락할 것 같았던 배 아랫부분이 한없이 뻗어 있는, 진구가 알고 있던 평소의 평온한 바다로 변했다. 지구의 끝에서 물이 떨어지는, 그 무시무시하고 엄청난 소리도 더는 들리지 않았다.

"뭐야, 그냥 바다잖아……."

아무 일도 없었다는 듯이 멀어져 가는 유조선을 바라보며 진구는 비로소 이 구조를 이해할 수 있었다. 도라에몽이 옆에서 "후후후." 하며 웃고 있다.

'어디로든 문'을 통해 방으로 돌아오자 진구는 번쩍 손을 들며 "아, 재미있었다!" 하고 만족스러운 함성을 질렀다.

이설.

다른 사람이 아니라고 말해도, 모두가 믿고 있는 다른 세계의 가능성.

그런 사고방식이 있다는 것 자체가 가슴 떨린다. '천동설' 이외에도 틀림없이 이설은 있을 것이다. 그렇다면 대체 어떤 다른 사고방식이 있을까.

"저기, 도라에몽. 이를테면 이 세상에는 쓰치노코(槌の子, 일본의 설화에 등장하는 뱀을 닮은 상상의 동물−역주)나 설인(雪人. 히말라야 산맥에 산다는 사람 비슷한 상상 속의 동물−역주)을 믿는 사람들도 있는데, 있다고 말하면 있는 세계가 되는 거야?"

"되긴 하지만 쓰치노코와 놀기 위해 도구를 꺼낸 건 아니야."

"그럼 무엇 때문이었는데?"

어리둥절한 표정으로 반문하는 진구가 어이없는지 도라에몽이 대답했다.

"반 아이들 모두가 달에 토끼가 산다는 이야기를 비웃은 게 분했지?"

"아, 그랬나."

"뭐야."

자기가 무슨 짓을 했는지 금방 잊어버리는 건 진구의 단점일지도 모르지만, 뭔가 즐거운 일이 생기면 푹 빠져들어 과거에 매달리지 않는 건 장점이기도 해. 남몰래 도라에몽은 그렇게 생각해본다. 헤헤헤− 하고 웃는 진구를 앞에 두고 다시 정색하며 설명했다.

"아까도 말했지만, 진구 너의 생각도 완전히 틀렸다고는 단언할 수 없어. 옛날엔 달의 뒤편 문명설이라는 것도 있었거든."

"뭐?"

"알기 쉽게 말하자면…….."

도라에몽이 주머니를 뒤적이며 뭔가를 찾는다.

"'실물 미니어처 백과사전'!"

나온 것은 두툼한 책이었다. 이걸로 공부하라는 건가 싶어서 진구가 입맛을 다시자, 도라에몽은 그 생각을 꿰뚫어 보기라도 한 듯 "후후."하며 미소 짓는다.

"달의 자전과 공전."

그렇게 중얼거리며 책등에 있는 버튼을 누른다. 표지로 손을 뻗어 펼치자 책은 텅 비어있었다. 거기에서 화악─ 하고 별이 튀어나왔다.

태양과 달, 그리고 지구.

미니어처인 별들이 나사 모양으로 뱅글뱅글 돌면서 단숨에 허공으로 날아오른다. 세 개의 별이 저마다 일정한 간격을 두고 배치되더니, 우뚝 멈추었다가 다시 규칙적으로 회전하기 시작했다.

그것이 실제 천체의 위치라는 것은 진구도 자연스럽게 알 수 있다. 상대적인 크기나 회전 방식 역시 실제대로 만들어진 미니어처였다.

"저게 태양이야."

훨씬 더 크게 빛나는, 열기를 띤 별. 도라에몽이 가리키며 설명했다.

"이게 지구와 별이고."

다시 보니 태양보다 지구는 이렇게 작았구나 싶었다. 그 주위를 돌고 있는 달은 지구보다 훨씬 더 작다.

"달은 늘 지구에 같은 면만 보이며 돌고 있어. 그래서 달에 탐사기나 관측 위성이 가기 전까지는 뒤쪽 모습은 전혀 알 수 없었지. 그 때문에 달의 뒤편에는 공기가 있고, 그래서 달 인간이 문명을 건설했다고 생각하는 사람도 있었어."

지구가 도는 속도보다 달이 도는 속도가 한참 더 느린 것 같았다. 미니어처인 달이 지구 둘레를 도는 모습을 둘이 올려다본다.

"재미있겠다!"

자신도 모르게 진구의 입에서 큰 목소리가 나왔다. 도라에몽이 '실물 미니어처 백과사전'을 덮고 주머니에 넣는다. 진구가 흥분해서 몸을 앞으로 내밀었다.

"우리도 달에서 살 수 있다고 믿자!"

"그럼 당장……."

둘이 책상 위의 마이크를 향한다. 심호흡을 하고 진구가 마이크에 대고 소리쳤다.

"'달의 뒤편에는 공기가 있고 생물이 살 수 있다'!"

마이크 위의 안테나 같은 부분이 희미하게 안쪽부터 빛나기 시작한다. 보이지 않는 바람을 받아들이듯 위잉- 하며 엄청난 속도로 회전을 시작했다.

'어디로든 문'을 통해, 달세계로 가는 문을 열었다.

처음에는 조심조심 다가갔다. 하지만 문을 열고 숨을 들이마신 순간, 진구와 도라에몽은 "와아!" 하고 환호성을 질렀다.

달세계를 둘이 함께 달려간다.

"우주복이 없어도!"

"'적응등'이 없어도!"

진구가 말하고, 도라에몽이 뒤이어 말한다. 그리고 두 사람의 목소리가 합쳐진다.

"겁 안 나!"

도라에몽이 다시, "중력도 지구와 같게 되어 있어." 하며 미소 짓는다. 지구와 다름없이 호흡할 수 있고, 똑같이 걸을 수 있다.

여기가 진짜 달 뒤편이라는 사실을 잊어버릴 것만 같다. 진구가 발걸음도 가볍게, 그렇게 생각하며 앞으로 나아가려 했다. 하지만 다음 순간이었다.

멈춰 선 채 숨을 삼켰다.

"와아아아!"

크고 또 큰, 감동의 한숨이 새어 나왔다.

머리 위로 하늘 가득 별들이 빛나고 있었다. 지구에서 보는 것과는 비교도 되지 않을 만큼 별이 가깝게 있어 하나하나 빛이 났다. 단순한 빛이 아니라 저마다 다른 밝기로 하늘에 존재하는 '별'임을 확실히 알 수 있었다. 그 무게, 두께, 밝기가 손을 뻗으면 닿을 것 같았다. 지구에서 본 밤하늘은 평면에 빛의 알갱이를 뿌려놓은 듯 보였다. 하지만 달에서는 별과 별이 평면이 아니라 각각의 위치가 가까운지 먼지, 그것까지 확실히 알 수 있을 정도였다. 하늘에서 깊이가 느껴졌다.

아름답다. 정말 아름다운, 밤하늘이다.

그러고 보니, 하며 문득 시선을 지상으로 향한다. 앞뒤로 고개를 돌려 둘러보는데, 달의 산맥 저 너머로 희미하게 파르스름한 빛이 보였다.

"어쩌면 여기는 달의 뒤편 끄트머리 같아. 살짝이긴 하지만 지구가 보인다."

"역시 둥그네."

조금 전에 본 천동설의 세계를 떠올리자 신기한 기분이 든다. 지구가 둥글다는 것은 지금은 너무나도 당연한 사실이지만, 옛날 사람들은 지구를 바깥쪽에서 본 적이 없었다.

"달의 뒤편은 지금 밤이야. 달의 밤은 지구와 달라서 엄청 길어. 지구의 시간으로 치면 2주일 정도."

"와아~."

진구가 감탄한다. 놀라는가 싶었는데 다음 순간 태연하게 "잠 푹잘 수 있어서 좋겠다!" 하는 말이 나와 도라에몽은 "뭐야!" 하며 어이없어한다.

"그런데 이렇게 어두우면 아무것도 볼 수가 없잖아. 게다가, 에, 에, 에취! 왠지 추운 것 같지 않아?"재채기와 동시에 몸을 떨며 진구가 그렇게 말하자 도라에몽이 "바로 불 켤게." 하며 주머니를 뒤적이기 시작했다.

"'빛나는 이끼'!"

나타난 건 작은 병이었다. 밑바닥에 밝게 빛나는 모래 형태의 가루가 들어 있다.

"조금만 뿌려도 바위에 달라붙어 계속 퍼져."

도라에몽이 병을 좌우로 흔들어 이끼를 뿌리자, 말한 대로 흩어진 빛의 띠가 순식간에 화악— 퍼진다. 지면에서 계곡, 언덕을 넘어 시야 끝에 있는 지평선까지. 시야에 들어오는 모든 것이 대낮같이 환해진다.

"와, 환해졌어! 그리고 왠지 발밑도 따뜻해진 것 같은데⋯⋯."

"'빛나는 이끼'는 햇볕과 같은 작용을 하거든. 어떤 곳에서든 번식할 수 있어서 봄날의 땅처럼 따뜻하지."

"호오! 그런데 이끼도 좋지만, 또 다른 식물도 있었으면 좋겠다."

"좋아! 좀 더 살기 좋은 장소로 개조하자!"

도라에몽이 '대나무헬리콥터'를 꺼내 함께 공중으로 날아오른 후, 커다란 크레이터를 가리켰다.

"저 크레이터에 토끼 왕국을 만들자!"

크레이터 한복판에 불룩 튀어나온 작은 언덕이 있었다. 그 위로 내려서서 도라에몽이 주머니에 손을 넣었다.

"식물을 기르려면 공기와 빛 외에 물이 필요해. '어디든지 수도꼭지'!"

언제 어디서든 틀기만 하면 물이 나오는 비밀 도구 꼭지에서 쏴아, 하고 엄청난 양의 물이 나와 크레이터 전체를 적셔 간다.

"다음으로, '인스턴트 식물 씨앗'!"

"어떤 식물의 씨앗이야?"

"후후후. 그건 다 자라고 난 뒤를 기대해."

'대나무헬리콥터'로 공중에서 씨앗을 흩뿌린다.

둘이 한복판의 언덕으로 돌아왔을 무렵엔 물을 흡수한 밝은 지면에서 벌써 초록빛 싹이 움트기 시작하고 있었다.

"굉장하다! 벌써 싹이 텄어!"

크게 숨을 들이마시자 흙냄새가 났다. 조금 전까지 바싹 말라 있던 지면과는 분명히 다른, 물을 흡수한 따뜻한 흙과 풀냄새가 난다. 마치 봄이 시작된 듯한 냄새가.

가슴속으로 흥분이 밀려든다. 자신도 모르게 소리쳤다.

"와! 이제 내가 했던 말은 틀린 게 아니게 됐어! 달에서는 생물이 살 수 있어!"

"그래! 그리고 마무리로…… '쏘아 올리는 돔'!"

도라에몽이 꺼낸 것은 하늘로 쏘아 올리는 폭죽 같은 통 모양의 도구였다. 자세히 보면 도화선 비슷한 것도 있다. 대체 무엇일까, 하고 바라보는 진구 앞에서 도라에몽이 솜씨 좋게 불을 붙였다. "자, 떨어져, 떨어져." 하며 진구의 등을 떠밀었다.

뭔가 구슬 같은 것이 슈웅- 하고 하늘을 향해 요란하게 날아갔다.

불꽃놀이 하듯 슈우우우우- 하는 소리를 내면서 하늘 높이 그 구슬이 올라가 상공에서 뭔가를 튕겨냈다. 펑 하는 소리와 함께 구슬이 폭발하고, 그 충격이 땅으로 쌩하니 전해져 내려왔다.

다음 순간 진구와 도라에몽의 머리 위는 희미하지만 투명한 빛의 막으로 뒤덮였다. 그 투명한 천장 너머로 하늘의 별이 반짝이고 있었다.

자신들이 있던 크레이터를 거대한 돔이 완전히 뒤덮은 것이다.

"이제는 만에 하나 운석이 떨어지더라도 돔이 왕국을 지켜줄 거야."

"저기, 도라에몽. 이제 슬슬 토끼도 만들어야지."

"좋아, 그럼…… '동물 찰흙'! 토끼도 만들자!"

"만들자!"

귀여운 동물 그림이 그려진 양동이에서 두 손 가득 점토를 꺼냈다.

"토깽이, 토깽이!"

흥얼거리듯 말하며 긴 귀와 사랑스러운 눈, 튀어나온 앞니 등을 상상한다. 꼬리는 틀림없이 길고 가늘었지? 하고 상상하며 만들었고,

그리고.

"다 됐다!"

소리치며 일어서자 도라에몽이 "어디, 어디." 하며 들여다본다. 하지만 진구가 만든 토끼를 본 순간 표정이 어두워졌다.

"아앗? 이게 토끼야?"

거기에 있는 것은 눈이 부리부리하고 뾰족한 앞니가 난폭하게 쑥 튀어나온, 빈말이라도 귀엽다고는 할 수 없는 '만들다 만' 듯한 토끼였다. 길어서 흔들면 무기가 될 것 같은 이 꼬리는 마치……

"괴물?"

자신도 모르게 도라에몽이 그렇게 말하자, 진구가 허리를 숙이고 찬찬히 자신의 토끼 괴물을 쳐다본다. 잠시 "음." 하고 생각에 잠겼다가, "좀 더 귀여웠으면 좋았으려나." 하면서 토끼 괴물을 휙 하니 내던졌다.

"다 만들었다!"

다시 만든 토끼가 두 마리 완성됐다. 둥근 형태의 작은 몸. 발은 슬리퍼라도 신은 것처럼 도톰했고, 두 개의 귀도 이번에는 정말 귀여워보인다. 꼬리도 동그랗다. "어때?" 하고 묻는 진구에게 "제법 잘 만들었네." 하고 대답하는 도라에몽 역시 웃고 있었다.

"이름을 붙여줘야 하는데. 달의 토끼니까……."

"문과 래빗이니까, 무빗 어때?"

도라에몽의 제안에 진구가 "좋다!" 하며 펄쩍 뛰었다.

"무빗으로 결정!"

진구가 소리친 순간 그때까지 점토였던 무빗 두 마리의 몸에 선명한 색깔이 생겨나는 듯 보였다. 볼과 눈에 생기가 돌고, 형태가 좀 더 확실해진다. 두 마리가 세차게 부르르 하고 몸을 떨기 시작했다.

"무무."

"비비,"

아마도 이게 그들의 언어인 모양이었다. 기운차게 두 마리가 주위를 뛰어다니다가 깡충깡충 뛰기 시작했다.

"와! 움직인다!"

"달세계의 아담과 이브야. 어때? 비실이와 퉁퉁이한테도 보여주는 게."

"음."

쪼그려 앉아 무빗을 보듬고 있던 진구가 찬찬히 그 얼굴을 바라본다.

달세계 최초의 두 마리. 이제부터 분명 그들의 나라가 달에 생겨날 것이다.

"그냥, 왕국이 좀 더 훌륭하게 변하고 난 뒤 보여줘서 깜짝 놀라게 하고 싶어!"

"그것도 괜찮겠네. 그럼 일단 집으로 돌아가자!"

"왕국을 부탁해~!"

‘대나무헬리콥터’로 다시 ‘어리로든 문’ 쪽으로 돌아가면서 손을 흔들자, 언덕 한복판에 서 있던 무빗 두 마리가 힘차게 "무무!" "비비!" 하며 같이 손을 흔들어주었다.

"얼마나 지나야 토끼 왕국이 생길까?"

‘어디로든 문’을 통해 방으로 돌아오자마자 진구가 도라에몽에게 물었다.

달과 지구의 하루 길이가 다르다는 건 오늘 도라에몽이 가르쳐주었지만, 지금까지 모험을 떠났던 장소들에서도 진구가 사는 세계와 시간이 흘러가는 방식이 다른 경우는 자주 있었다. 오늘 새롭게 시작한 무빗들의 세계와 진구가 사는 세계의 경우에는, 작은 무빗들의 시간이 한참 더 빨리 흘러갈 것 같은 기분이 들었다.

도라에몽도 같은 생각이었는지, "최대한 빨리 만들 수 있도록 우리도 도와주자!" 하고 웃으며 말했다.

그때 1층에서 "진구야, 잠깐 와봐!" 하고 부르는 어머니의 목소리가 들렸다.

내려가자 웬일인지 어머니 손에 지갑과 꽃가위가 들려 있었다. 어머니는 진구와 도라에몽에게 말했다.

"오늘이 보름날이잖아? 달구경 때 쓸 경단과 억새가 필요한데, 좀 구해다 줄래?"

"아앗, 지금?!"

이미 창밖은 어슴푸레해지기 시작했다. 저녁 무렵이다.

"억새라는 것이 어디에 있는데?"

"뒷산에 가면 있을 거야."

"너무 먼데."

진구가 어머니에게 투덜투덜 불평하고 있는 동안 도라에몽이 잽싸게, "난 경단!" 하며 어머니의 지갑을 먼저 가져 간다.

아! 나도 그게 더……

진구가 그렇게 생각하며 돌아보았을 때는 이미 도라에몽은 힘껏 현관 쪽으로 달려간 참이었다. 남은 진구에게 어머니가 꽃가위를 건네준다.

"그럼 진구는 억새, 부탁해."

"네에."

불만스럽게 대답하며 마지못해 가위를 받아들고 뒷산으로 향했다. "도라에몽 녀석, 경단 사면서 도라야키(밀가루, 계란, 설탕을 섞은 반죽을 둥글납작하게 구워 두 쪽을 맞붙인 사이에 팥소를 넣은 화과자—역주)도 같이 살 생각인 거야." 하고 투덜대면서.

밤의 남색과 저녁 무렵의 오렌지색이 뒤섞인 저물녘의 하늘.

올려다보니 하늘로 솟은 송전탑 너머를 까마귀 몇 마리가 날아간다. 이미 보름달은 떠서, 아직도 환한 기운이 남아 있는 하늘에서 밝게 빛나는 그 달이 어딘지 모르게 신비스러웠다. 저 달에 오늘 자신이 갔었다니, 좀처럼 믿기지 않는다. 지금쯤 저 뒤편에서 진구의 무빗들은 뭘 하고 있을까.

전파탑 밑으로 가보니 어머니가 말한 대로 일대가 온통 억새밭이었다. 바람에 나부낄 때 달빛을 받은 이삭이 전부 황금색으로 빛나 보였다. 몸을 굽혀 싹둑- 하고 한 움큼을 가위로 잘랐다. "휴, 힘들다." 하고 몸을 일으키며 억새를 집어 들었다.

이 정도면 됐겠지, 하며 고개를 들고 가려던 그때.

아까까지 아무도 없다고 생각했던 전파탑 앞에 한 남자아이가 앉아 있었다.

혼자, 가만히 어딘가 먼 곳을 바라보고 있다. 모자를 쓰고 있어서 확실히 얼굴은 보이지 않았지만 같은 학교 아이가 아니라는 것만은 알 수 있었다. 이 근방에서는 본 적이 없는 아이였다.

뭘 하는 걸까. 진구는 무심코 말을 건넸다.

"저기."

남자아이가 진구의 기척을 알아챘다. 놀란 듯 일어서며 눈을 휘둥그레 뜬 채 이쪽을 본다.

"너도 억새 자르러 온 거니?"

남자아이는 굳은 표정이 되어 말없이 이쪽을 바라보고 있었다.

하지만 다음 순간, 모자챙을 강하게 움켜쥐었다. 얼굴을 가리려는 듯 몸을 숙인다.

그때, 바람이 불었다.

아까보다 훨씬 더 강하고 거센 바람이. 그 바람이 억새밭 전체를 훑듯이 불어오고, 뒷산의 나무들도 와삭와삭 흔들리며 술렁거린다. 자신도 모르게 진구는 몸을 움츠렸다.

바람이 가라앉고 진구가 다시 송전탑으로 시선을 주었다. 그러자 거기에는 이미 누구의 모습도 없었다. 그저 나무들에서 떨어진 빨간 나뭇잎이 몇 장, 팔랑거리며 조용히 날리고 있을 뿐.

"어?"

두리번두리번 주위를 둘러보았지만 아무도 없다. 잘못 봤나 싶을 만큼 황당하게 수수께끼의 소년은 사라지고 말았다.

집 툇마루에 진구가 가져온 억새와 도라에몽이 사 온 경단이 나란히 놓여 있다.

하지만 도라에몽은 경단이 아닌, 진구가 생각했던 대로 약삭빠르게 사 온 도라야키를 아까부터 우물우물 먹고 있었다.

가족이 다 같이 달을 올려다본다.

"예쁘다……."

어머니가 말했다.

마당에 나와 있던 아버지도 고개를 끄덕인다.

"아주 옛날부터 인간은 달을 올려다보며 살아왔지."

"맞아요. 그 가구야 공주(가구야 공주 이야기는 '다케토리 이야기'라고도 불리는데 현존하는 일본의 가장 오래된 이야기이다. 나무꾼 할아버지가 대나무 속에서 발견한 작은 여자아이를 데려다 키우며 가구야라는 이름을 붙여줬는데, 점점 성장하여 모든 남성이 흠모하는 대상이 되자 그녀는 모든 것을 버리고 달나라로 돌아간다는 내용이다.-역주) 역시 천 년도 더 된 옛날이야기예요."

"언젠가 인간이 달로 여행 갈 날도 올지 모르겠어."

그러고 보니 예전에 지금 시대로 찾아온 '45년 후' 어른이 된 진구의 말에 의하면, 진구의 아들이 되는 노석구는 신혼여행 때 우주선을 타고 달에 갔던 모양이었다. 아버지가 생각하는 미래의 달 여행이 현실이 될 날도 올 것이다. 그런 생각을 하면서도, 한편으로 진구는 다시금 신기한 기분이 들었다.

이렇게 가까워 보이고 손을 뻗으면 금방이라도 닿을 것 같은데, 달에 사람이 가는 건 현대의 기술로도 좀처럼 쉽지 않고, 이룰 수도 없다. 달은 정말 신비한 곳이다.

그나저나 아까 본 그 신비스러운 남자아이는 어디에서 와서 어디로 사라진 것일까.

밤하늘에 흐르는 구름 속에서 한층 더 선명히 빛나는 커다란 달을 바라보며 진구는 생각했다.

"진구야!"

노씨 집안의 아침. 늘 들려오는 어머니의 목소리가 오늘도 집 전체에 울려 퍼진다.

책가방 덮개가 열린 채로 진구가 "네, 네, 네!" 하며 문밖으로 구르 듯 나온다.

"또 지각이다!"

그렇게 생각하며 한 걸음, 밖으로 나왔을 때였다.

"야, 진구!"

뒤에서 누가 불러 돌아보니, 퉁퉁이와 비실이었다. 진구가 같이 인 사할 틈도 없이 두 사람이 뭔가를 던졌다.

"이거 줄게!"

"나도!"

순간적으로 팔을 뻗어 받고 말았는데, 손바닥 안에 있는 것은 웬일 인지 당근과 당근 주스 캔이었다.

"달에 사는 토끼한테 선물로 전해줘!"

그대로 "꺄하하하!" 하고 웃으며 가버린다. 혼자 남은 진구는 한 박자 늦게 분한 마음이 몰려왔다. "크윽~!" 하고 소리 내어 부르짖는다.

"곧 보여주지!"

일단 지금은 지각하면 안 된다. 다시 달려갔다.

그렇게 열심히 서둘렀지만, 진구가 도착했을 때 이미 수업 시작종은 다 울리고 난 후였다. 교실 안에는 이미 선생님이 와서, "여러분, 안녕." 하며 인사를 하고 있었다.

괘씸하게도 자신을 놀렸던 퉁퉁이와 비실이는 이미 자리에 앉아 태연한 목소리로 선생님에게 "안녕하세요." 하고 같이 인사를 하고 있었다.

"아차, 벌써 조회 시작했네……."

지각했다고 혼날 생각을 하니 마음이 무거웠다. 좀처럼 안으로 들어갈 결심이 서지 않아 복도 창 밑으로 몸을 수그리고 있다가 그제야 비로소 오늘 선생님 옆에 누군가, 낯선 남자아이가 서 있는 걸 깨달았다. 자세히 보니 반 아이들도 그 아이를 의식해서인지 들떠 있었다.

칠판을 등진 채 선생님이 말했다.

"오늘은 전학생을 소개할게요."

"루카입니다."

가운데로 걸어 나와 그가 무표정하게 인사한다. 약간 차가운 분위기가 느껴지는 목소리였다.

"잘 부탁합니다."

낯선 남자아이, 그렇게만 생각했는데 그 얼굴이 확실히 보인 순간 진구는 깜짝 놀랐다. 저 아이는 어제 본 그 아이다. 억새를 가지러 간 뒷산의 전파탑 앞에 앉아 있던 그 신비한 남자아이였다.

저 아이는 전학생이었던 건가.

"뭐야, 저 녀석. 모자 같은 걸 푹 눌러쓰고."

"정말, 건방져 보이는데."

"살짝 겁 좀 줘볼까."

퉁퉁이와 비실이가 작은 목소리로 말하는 게 들렸다.

선생님이 "제일 뒷자리에 가서 앉으렴." 하고 말해, 루카가 책상과 책상 사이를 지나가려는데 중간에서 퉁퉁이와 비실이가 함께 재빨리 발을 내밀었다. 저 두 사람, 루카를 넘어뜨릴 셈이야! 진구가 그렇게 생각한 다음 순간.

루카가 말없이 모자챙을 움켜쥐며, 고개를 밑으로 향했다. 진구에게는 모자 끝 부분이 살짝 빛난 것처럼 보였다. 같은 빛이 퉁퉁이와 비실이 두 사람이 앉은 의자의 다리를 감싼다.

그 순간 두 사람이 의자와 함께 요란하게 넘어졌다.

쿠웅 하고 커다란 소리를 내며 등부터 넘어진 두 사람을 보며 모두가 웃었다. 선생님도, "뭐 하는 거야." 하며 어이없다는 표정이었다.

두 사람이 넘어진 사이를 루카가 모른 척 지나간다. 여전히 아무 말도 하지 않고 자신의 자리에 앉았다.

"아야야……."

"뭐야, 정말……."

석연치 않은 모습으로 두 사람이 일어나는 걸 보며 진구만이 "방금 저 빛은……." 하고 생각했다. 방금 그건, 퉁퉁이와 비실이가 넘어지고 그래서 의자가 쓰러진 게 아니다. 반대다. 의자가 먼저 쓰러졌다.

그것은 저 신비한 빛이 의자의 다리를 감쌌기 때문이다.

"뭐야, 진구는 또 지각인가."

선생님 목소리에 진구는 비로소 마음을 굳게 먹었다. 일어나 "지각 했습니다!" 하며 교실 안으로 들어가자, 선생님으로부터 "이런 녀석을 봤나!" 하는 성난 목소리가 날아왔다. 그것을 보고 아이들 모두가 다시 하하하, 하고 웃는다. 그러는 동안에도 전학생인 루카는 창밖을 멍하니 바라보기만 할 뿐, 진구 쪽은 쳐다보려고도 하지 않았다.

수수께끼의 전학생 루카는 '슈퍼 전학생'이었다.

그날 체육 수업.

선생님의 호루라기 소리에 맞춰 철봉 거꾸로 오르기를 할 때, 진구는 '오늘이야말로 반드시 성공하겠다'라는 각오로 철봉을 잡고 다리를 차올렸다. 조금만 더 하면 성공하는…… 바로 그 일보 직전에 반대 방향으로 빙그르르– 보기 좋게 실패하고 땅바닥에 등부터 떨어지는 옆에서 "와아~!" 하는 엄청 커다란 탄성 소리가 들려왔다.

얼굴을 돌리자 루카가 철봉에서 빙글빙글– 몇 번이고 연속해서 돌고 있었다. 회전은 멈출 기미가 없었고, 그것만으로도 대단한데 다음 순간 루카가 훌쩍 손을 놓고 공중으로 날아오르더니 몸을 회전시켰다. 척, 하고 훌륭한 착지까지 해냈다.

루카의 뒷모습이 마치 태양의 도움이라도 받은 듯 햇살에 감싸여 빛났다.

반 아이들이 정신없이 박수를 보냈다.

"저 녀석……."

"올림픽 선수 아냐?"

아까까지 골탕 먹일 궁리만 하고 있던 퉁퉁이와 비실이조차 루카의 놀라운 신체 능력에 넋을 잃고 있었다.

대단한 건 철봉뿐만이 아니었다.

그 후의 1백 미터 달리기에서도 루카는 압도적인 속도로 모두를 따돌렸고, 그 모습에 이번에는 구경하던 여자아이들이 "꺄악!" 하고 환호성을 터뜨렸다.

골인한 루카를, 앞 조에서 달리기를 마친 영민이가 "굉장한데, 루카!" 하며 맞아준다. 퉁퉁이도 역시, "어떤 특별 훈련을 한 거야?" 하며 루카의 가슴을 콕콕, 친밀함을 담아 찔러댔다. "릴레이 멤버는 정해졌다!"며 웃는 비실이도 즐거워 보였다.

"우리 퉁퉁즈에 들어오지 않을래?"

그렇게 말하며 퉁퉁이가 자신의 야구팀에 루카를 스카우트하려는 동안에도 진구로 말하자면, 여전히 달리고 있었다.

루카와 같은 조에서 출발했는데, 루카를 비롯한 모두의 뒷모습은 순식간에 멀어져 한참 저편이었다.

헉헉, 하고 힘들게 숨을 몰아쉬며 막 골인하려는 찰나 바로 앞에서 넘어져, 그대로 얼굴부터 촤악-하고 땅바닥으로 슬라이딩. 모두가 일찌감치 가버린 가운데 "아야야." 하고 신음하며 겨우 일어서 마지막까지 달린 후 골인한다.

더 보는 사람이 없는데도 끝까지 완주하는 그 모습을 딱 한 사람, 전학생인 루카만이 자리를 떠나며 흘끗 돌아보았다. 그냥, 어제 뒷산에서 만났던 것을 기억한 것인지 어떤지는 모른다. 당사자인 진구는 전력 질주로 지친 나머지 헤롱헤롱, 골인 지점에서 그대로 쓰러져버렸다.

쉬는 시간이 되자 이슬이가 물을 새롭게 간 화병을 손에 들고 계단을 오르고 있었다.

반 아이가 가져온 코스모스는 오랫동안 예쁘게 피어 있었는데, 이번 주 들어서면서부터 꽃이 축 시들어 기운이 없었다.

"물이 부족했나."

그렇게 중얼거리며 꽃병을 들고 계단을 올라가려던 그때, 위에서 루카가 내려왔다. 자연스럽게 눈이 마주친다. 아까 체육 시간에 활약했던 전학생이 코스모스를 흘낏 쳐다보았다. 그대로 내려간다.

별생각 없이 이슬이는 교실로 돌아가려 했다. 그런데…….

"어머?"

아까까지 시들어 있던 코스모스가 화병 속에서 자세를 바르게 한 듯, 모두 싱싱하게 꽃을 피우고 있었다. 이슬이는 자신도 모르게 루카의 뒷모습을 바라보았다. 하지만 루카는 돌아보지 않았다.

층계참의 창문으로 들이치는 가을바람에 코스모스가 기분 좋게 흔들리고 있었다.

방과 후가 되어 신발을 갈아 신는 루카에게 영민이가 말을 걸어왔다.

"루카. 전학 온 첫날 어땠어? 전에 있던 학교와 많이 다르니?"

아무리 슈퍼 전학생이라 해도 첫날은 분명 긴장했을 게 틀림없다. 그렇게 생각한 영민이의 친절한 목소리에, 하지만 당사자인 루카는 살짝 당황한 듯 보였다.

"전에 있던 학교?" 하고 어리둥절한 모습으로 중얼거리다가 갑자기 생각난 듯 "아, 그거, 그거." 하며 마치 혼자 물어보고 혼자 대답하는 사람처럼 고개를 끄덕인다.

"응. 여기도 무척 재미있어."

"그래? 다행이네."

예상과 약간 어긋나는 대답이라고 생각하며 영민이가 고개를 끄덕이는 그때, 어디선가 즐거운 노랫소리가 들려왔다.

"살랑살랑살랑, 토깽이 댄스!"

"진구야, 역시 달에 있는 토끼도 춤 잘 추겠지?"

"시끄러워! 있다면 있는 줄 알아!"

퉁퉁이와 비실이가 또 진구를 놀려대고 있었다. "또 저러네." 하고 영민이가 어처구니가 없다는 듯 한숨을 내쉬자 루카가 그런 영민이를 보았다.

"넌 달에 생물이 있다고 생각하니?"

"어?"

생각지도 못한 질문이었는지 영민이가 허둥거린다. 하지만 이내 고개를 저었다.

"있으면 멋질 것 같긴 한데, 안타깝게도 달에는 공기가 없고 더위와 추위도 지구와는 비교가 안 될 정도야. 생물이 사는 건 무리지."

"그렇구나……."

그 대답을 듣고 루카가 고개를 끄덕인다. 살짝 안타깝다는 듯, 영민이에게서 문득 진구 쪽으로 시선을 옮긴다.

"그럼 증거를 보여줘!"

다그치는 퉁퉁이와 비실이에게 발끈하여 진구가 대꾸했다.

"이젠 나중에 사과해도 늦었어!"

그 모습을 루카는 가만히 바라보고 있었다.

"도라에몽! 토끼 왕국, 어떻게 됐을까?"

집으로 돌아오자마자 진구가 책가방을 내려놓고 더 기다리지 못하겠다는 듯이 도라에몽에게 묻는다. 도라에몽이 읽고 있던 만화를 덮으며 "좋아!" 하고는 '어디로든 문'을 꺼냈다.

"상태를 보러 가자. 달 뒤편으로, 오늘도 출발!"

"그래!"

같이 소리치며 막 나가려는 그때, 도라에몽이 "아, 그 전에." 하며 갑자기 방향을 바꿨다. 진구에게 "이거, 이거." 하며 배지를 건넨다. 소중하고 또 소중한 '이설 클럽 멤버스 배지'였다.

"배지는 절대 잊으면 안 돼."

"아, 그런가."

다시 둘 다 가슴에 배지를 잘 붙이고 문 너머로 출발한다.

그런 진구와 도라에몽의 모습을 조용히 지켜보는 자가 있었다.

창밖에서 그 신비한 전학생, 루카가 몰래 들여다보고 있었다. 진구의 방은 2층. 2층 창문으로 누가 방안을 들여다보는 건 무리였지만, 루카는 어떻게 한 것인지 하늘을 날아 진구네 집안의 창문을 내려다보고 있었다. 그 머리에 낯익은 '대나무헬리콥터'의 모습은 없다.

희미한 빛의 막 같은 것이 몸을 감싸고 있는 것처럼 보였지만, 단지 그뿐. 맨몸으로 루카는 허공에 떠 있었다.

아무도 없게 된 방을 향해 루카가 내려간다. 창문은 잠겨 있었지만, 루카가 손가락을 살짝 위로 향하자 보이지 않는 손이 조종하듯 창문의 잠금장치가 달각−하고 열렸다.

루카가 방으로 들어가 흥미진진하게 주위를 둘러보던 그때.

"어라! 지구에도 거북이가!"

하는 기묘한 목소리가 들렸다. 그 목소리에 루카가 순간 움직임을 멈추고 아래쪽을 흘낏 보았다. 그러자 책장 앞에서 뭔가 작은 그림자가 '토끼와 거북이'라고 적힌 그림책을 펼치고 있었다.

"흠흠, 지구의 언어는 단순하네요. 금방 익힐 수 있겠어요."

그 작은 그림자는 루카의 동료였고, 옷 속에 숨어 함께 들어온 모양이었다. 루카가 작게 한숨을 내쉬고는 다시 방을 관찰하기 시작한다. 마지막으로 방의 중앙, '어디로든 문'의 존재를 깨닫고는 천천히 다가갔다. 아까까지 이 방에 있던 사람들이 사라진, 신기한 문.

루카가 문손잡이를 잡고 돌리려는데.

"뭐라고!"

절규가 방 안에 울려 퍼졌다. 루카가 깜짝 놀라 돌리려던 손을 멈췄다. 작은 그림자가 그림책 너머에서 손발을 버둥거렸다.

"거북이의 걸음이 느리다고 쓰여 있어요. 이 무슨 무례한! 무례하기 짝이 없는! 지구인은 내가 얼마나 빠른지 몰라!"

"모조!"

차가운 루카의 목소리가 날아왔다. 혼이 난 작은 그림자가 책등 뒤에서 깜짝 놀라 안절부절못하다가 책 밑으로 숨는다. 그제야 "네네, 조용히 할게요." 하며 얌전해졌다.

마음을 가다듬고 루카가 다시 '어디로든 문'으로 손을 뻗었다. 문손잡이를 비틀어 천천히 여는데.

"!"

경치가 눈에 들어오기보다 먼저 엄청난 돌풍과 함께 루카의 몸이 저 너머로 빨려들어 갈 것 같다.

진구 방의 책장, 책상, 서랍장, 모든 것들이 덜컥덜컥 움직이며 루카의 몸과 함께 문 너머로 빨려 들어갈 듯했다. 커튼이 물결치듯 격렬하게 부풀어 오르고, 책상 서랍이 열려 안에 들어 있던 종이며 노트가 팔랑팔랑 흘러넘친다. 책상 위의 연필깎이가 공중으로 떠오르고, 연필 찌꺼기가 허공에서 춤췄다. 방 안에 태풍이 불어 닥친듯하다.

"히이이이이익!"

모조가 소리쳤다. 이건 견딜 수 없다는 듯 또 한 번.

"루카! 빨리 문을 닫으세요!"

루카가 서둘러 문을 닫았다. 닫기 직전 루카의 눈에 문 너머의 광경이 뚜렷이 보였다. 한없이 계속되는, 울퉁불퉁한 크레이터 투성이의 대지. 곱게 펼쳐진 레골리스. 그 모습은.

"달?!"

문 너머가 달과 연결돼 있다!

달에는 대기가 없기 때문에 루카가 문을 연 순간 방의 공기가 문 너머로 빨려 들어갔고, 그래서 방이 진공에 가까운 상태가 된 것이다.

문을 닫자 비로소 폭풍이 멈춘 상태가 된 방 안에서 루카가 흐트러진 머리칼을 다듬었다. 엄청난 사태가 벌어지고 말았지만, 가슴 떨리는 흥분이 뱃속 깊은 곳에서 솟아오른다. 책 밑으로 피신한 모조에게 흥분한 상태 그대로 말을 건넨다.

"저기, 모조. 굉장한 것 같지 않니? 그 아이라면, 틀림없이……."

루카가 그렇게 말하려는 그때 아래층에서 "진구야~?" 하는, 어딘가 느슨한 목소리가 들려왔다.

"왔니?"

쿵쿵, 하고 계단을 올라오는 소리가 들린다.

루카가 움찔하며 자세를 바르게 한다. "모조!" 하고 신호하며 자신의 호주머니에 작은 그림자를 욱여넣고는 그대로 왼손 손가락 끝에 힘을 주었다. 바닥에 흩어져 있던 수많은 물건이 그 순간, 훌쩍―하고 부드럽게 공중으로 떠올랐다. 마치 마법에 걸린 것처럼 모든 것이 원래 있던 장소로 돌아간다. 마치 영상을 빠르게 되감는 것 같아서 현기증이 난다.

"다녀왔다는 말도 안 하고……."

진구의 어머니가 방문을 열었다. 하지만 거기에는.

"어머?"

아무도 없었다. 방은 '어디로든 문' 말고는 평소와 극히 다름없는 진구의 방이었다. 아까까지 분명 무슨 소리가 들린 것 같았는데.

"이상하네……. 벌써 놀러 나갔나. 애써 간식 준비해놓고 기다리고 있었는데."

진구의 어머니가 그렇게 말하며 다시 나간다.

루카는 그 뒷모습을 창문 밖에서 숨죽인 채 바라보고 있었다. 아슬아슬했다고 생각하면서.

방금 그 사람은 틀림없이 진구의 어머니였다. 그때 '기다렸다'는 말이 문득 루카의 가슴을 찔렀다. 여기는 진구의 집. 진구가 '다녀왔습니다' 하고 말하며 돌아오는 장소.

"간식이라……."

"왜 그러세요, 루카?"

자신도 모르게 중얼거린 루카의 가슴 호주머니에서 모조가 물어본다. 루카는 고개를 저었다.

"아무것도 아니야. 가자, 모조."

그렇게 말하며 곧바로 그 자리를 떠났다.

하지만 잠깐, 다시 생각났다. 자신에게도 옛날에는 그런 돌아갈 장소, 맞아줄 부모님이 있었다는 것. 그것들을 이제는 모두 잃었다는 것. 그들로부터 자신이 멀어졌고, 멀리 떨어져 나왔다는 것을.

달의 토끼 왕국은 몰라보게 발전해 있었다.

"굉장해! 호수와 섬이 생겼어!"

돔 중앙에는 이제 커다란 호수가 생겨나 있었다. 그 위에 대나무 숲이 밀집된 작은 섬 같은 것이 몇 개 떠 있다.

"그때 그 식물의 씨앗이 대나무였구나!"

"후후후, '반짝 대나무'였어. 달이라고 하면 뭐니 뭐니 해도 가구야 공주잖아."

대나무 숲 안에서 몇 줄기의 빛이 보였다. 마치 옛날이야기의 가구야 공주가 처음 잠들었던 그 대나무 같다. 높게 솟은 대나무 사이로 빛이 새어 나오는 광경은 환상적이었다.

흥분한 진구에게 도라에몽이 "저기, 제일 큰 섬으로 가보자."라고 제안했다. "그런데 정작 중요한 무빗은 어디 있지?"

진구가 그렇게 말한 바로 그때, 팍팍팍팍– 하는 작은 소리가 들려왔다.

소리 나는 쪽을 보니 귀여운 무빗 한 마리가 대나무 밑에서 죽순을 캐고 있었다.

"비!"

온몸으로 잡아 뽑고는 기쁨의 함성과 함께 이쪽을 돌아보았다. 진구와 눈이 마주쳤다.

"있다! 잘 지냈니?"

그렇게 소리친 순간 무빗이 번개라도 내리친 듯 "비빗!" 하며 튀어올랐다. 죽순을 지키려는 듯 감싸 안으며 그 자리에서 도망친다.

"아아! 잠깐만!"

"우리가 만든 사실을 잊은 거야?"

도망치는 토끼의 발이 얼마나 빠른지를 나타내는 속담도 있는데, 그야말로 딱 그 속도였다.

"어디로 갔지……."

결국, 놓치고 터덜터덜 걸어가는 도중 진구가 문득 머리 위를 올려다보았다. 그러자 거기에 있는 작은 굴이 눈에 들어왔다.

"도라에몽! 저거!"

슬쩍 안을 들여다본다. 도라에몽의 입에서 부드러운 중얼거림이 새어 나왔다.

"야아……, 새끼가 태어났네."

막 캐어온 죽순이 놓여 있는 굴 안에서 부모인 듯한 무빗 두 마리에 작은 무빗들 세 마리가 몸을 꼭 맞대고 있었다.

"귀엽다."

진구가 훈훈한 기분으로 그렇게 말하자 도라에몽이 고개를 들었다.

"굴에서 살면 힘들 거야. 집 짓는 법을 가르쳐주자."

"좋아!"

근처에 있던 대나무를 가지고 와서 돌도끼로 쿵쿵, 하고 쪼갰다.

"가늘게 쪼갠 대나무를 서로 얽어매고, 풀과 잎사귀로 지붕을 덮어서……."

"들어와 봐. 따뜻하고 쾌적해."

진구가 가져온 이파리를 지붕에 펼쳐놓음으로써 집이 완성되자 그때까지 쭈뼛쭈뼛 이쪽 눈치를 보고 있던 무빗들이 조심스럽게 밖으로 나왔다. 아마도 잠깐 사이에 동료들이 제법 많이 불어난 듯했다. 처음으로 발견한 가족 외에도 몇 마리나 되는 무빗들이 우르르 모여들었다.

"와, 벌써 이렇게 많은 동료가 생겼네."

"하는 김에 불 피우는 법도 가르쳐주자."

모여든 무빗들을 앞에 두고 도라에몽이 두 개로 쪼갠 대나무 위에서 막대 모양의 가느다란 대나무를 마찰하기 시작했다.

부비부비 움직여서 마찰열로 연기가 피어오르기 시작하자, 흥미가 생겼는지 무빗들이 도라에몽의 손 쪽을 들여다본다.

생겨난 불씨를 가지고 도라에몽이 화륵 대나무 횃대에 불을 붙이자 무빗들이 깜짝 놀라 일제히 펄쩍 뛰었다.

"사용 방법만 조심하면 무서울 거 없어." 하고 도라에몽이 가르쳐 준다.

"그리고 자, 이것도. '떡 절구 세트'!"

"그래! 달에 사는 토끼는 역시 떡을 찧어야지!"

떡 쌀을 쪄서 절굿공이와 절구로 쿵떡쿵떡, 떡 찧는 시범을 보인다. 무빗들은 아마도 지능이 상당히 높은 모양이었다. 곧바로 이해하고 자기들끼리 아궁이를 에워싼 채 작은 떡을 둥글게 만들기 시작했다.

경단처럼 둥근 떡을 마치 공양이라도 바치듯 평평한 판 위에 올려 놓는다. 다만, 그것은 도라에몽에게만 바쳤을 뿐.

"와, 고마워. 맛있어 보인다."

"어어, 잠깐! 나는? 나도 너희 만들었는데!"

분개하며 진구가 일어서자 무빗 한 마리가 슬금슬금 다가와 기어올랐다. 그리고 그대로 진구의 안경을 벗긴다.

"와! 뭐 하는 거야!"

"인간 물건에 흥미가 있나 봐."

"아앗!"

도라에몽이 그렇게 말했지만, 앞이 안 보이는 진구는 패닉 상태였다. "돌려줘!" 하며 손을 뻗었으나 그 무빗이 즐거운 듯 진구의 손에서 도망쳐, 안경 렌즈로 눈을 크게 만들기도 하고 작게 만들기도 하며 놀았다.

"미안. 인제 그만 돌려줘."

떡 경단을 먹으면서 도라에몽이 그렇게 말하자 무빗이 그제야 "비빗?" 하며 도라에몽 쪽을 보았다. 안경을 돌려준다.

"정말, 도라에몽만 신 취급하고 너무해."

"무슨 소리야."

그렇게 말하면서도 아주 싫지만은 않은 모습이었다.

화톳불을 둘러싸고 무빗들이 돌며 춤을 춘다. 떡 쌀을 찌는 따뜻한 김에서 맛있을 것 같은 냄새가 풍겨 나오고 있었다.

막간 interlude

지구는 태양계 제3의 행성이라고 불린다.

이것은 우주에 있어서 지구의, 말하자면 주소 같은 것이다. 태양을 중심으로 한 '태양계'에 줄지어 선 별 중 세 번째. 지구에 파란 바다와 풍요로운 식물이 탄생한 것은 이 태양과의 거리 덕분이라고도 말한다. 태양과 너무 가깝지도 않고 너무 멀지도 않다. 기적처럼 조건이 갖춰진 결과, 거기에 생물이 생겨나고 성장할 수 있는 환경이 정비되었다.

태양계 제3의 행성인 지구의 풍요로움은 그 밖의 많은 별들 입장에서 보면 경이적일 정도다.

그 태양계에서 멀고 먼 40광년의 거리를 둔 우주의 다른 항성계.

지구도 달도 아닌, 태양계의 어느 별과도 닮지 않은 적갈색의 별이 우주에 떠 있었다.

별의 표면은 어두운 대지로 뒤덮여 있다.

그것은 어쩌면 별 전체를 뒤덮은 초록색의 짙은 구름이 원인인 듯했다. 낮에도 마치 밤인 것처럼 어두운 별.

이 별의 이름은 가구야 별이라고 한다.

그 바로 근처에는 위성인 듯한 별이 떠 있다. 작은 위성, 즉, 가구야 별에 있어서 '달'에 해당하는 그것은 끝부분이 일부 부자연스럽게 일그러져 보여 완전한 공 모양은 아닌 것 같았다.

햇볕이 들지 않는 가구야 별.

대지는 갈라지고 식물은 멸종된 듯 그 흔적은 어디에도 없다.

고도한 문명이 있었는지 빌딩의 꼭대기 같은 것이 가깝게 보인다. 하지만 그 대부분이 탁한 색깔의 바다에 잠겨 더 이상은 기능하지 않는다는 것을 알 수 있었다.

빌딩은 거대한 잔해였다. 대체 얼마나 오래전의 것인지, 지금 있는 건물 대부분이 폐허처럼 변해 있었다. 당시에는 높았을 건물이 중간쯤에서 뚝 잘려 비스듬히 쓰러져 있는 모습은 마치 바다에 무수히 많은 빙산이 솟아나 있는 것 같다.

육지에는 빌딩의 폐허보다 더 키가 낮은, 마치 초가집 같은 건물이 넓게 자리하고 있었다. 그게 오히려 이 별에 사는 사람들의 주거인 듯했다.

그 거리의 위쪽.

어두운 주변 모습과는 동떨어진, 무슨 성 같은 것이 우뚝 솟아 있었다. 거리 안에는 군데군데 기둥이 서 있고, 그 기둥과 성이 케이블

같은 것으로 연결되어 있다. 마치 거리 전체에 쳐놓은 전선에서 성이 양분을 빨아들이기라도 하는 것 같다. 그 건물만이 이 땅에서 유일하게 휘황찬란한 빛을 발하고 있었다.

그 모습은, 흡사 어두운 밤거리의 꽃.

밑으로 덩굴처럼 뻗은 탑이 있지만, 그 탑과 성은 직접 연결되어 있지 않았고, 자세히 보면 성은 공중에 있다. 마치 자력(磁力)에 의해 떠 있기라도 한 것처럼. 그 모습에서는 고도한 과학의 힘이 느껴진다. 허공에 핀 거대한 꽃송이 같은 성. 밤하늘에 군림하며 거리를 내려다보고 있다.

이 성이 '디아팔레스'라고 불리는 가구야 별의 중심이다.

그 '황제의 방'에 지금 한 병사가 한쪽 무릎을 꿇고 있었다.

"디아볼로 님(영화에서는 '디아블로'라고 부른다−편집자 주), 다녀왔습니다."

옥좌는 그 자체가 하나의 저택 같은 구조로 되어 있었다. 알현하는 자와 그 맞은편 옥좌 사이에는 커다란 웅덩이가 있고, 그 아래는 큰 연못이다. 무대처럼 뻗은 다리 앞까지가 병사들에게 허용된 공간이었다.

옥좌인 저택 앞을 가리고 있는 것은 주렴.

그 맞은편에 자리 잡은 이 별의 황제, 디아볼로의 모습은 병사 쪽에서는 보이지 않는다. 붉은 투구와 갑옷으로 단단히 몸을 감싼 병사를 향해, 빛나는 주렴 저편에서 목소리만이 대답했다.

"고더트 대장. 아직도 에스펄은 찾지 못하였나?"

"네. 가능성이 있는 지역은 모두 찾아보았지만……."

고더트라고 불린 대장이 대답한다. 투구와 일체화된 얼굴을 덮은 마스크 때문에 그 표정은 보이지 않았지만, 목소리에서 긴장하고 있다는 게 느껴진다.

주렴 너머에서 노기 띤 목소리가 돌아온다.

"설마 대충 눈감아주고 있는 건 아니겠지. 너희에게는 에텔 레이더를 맡겨두었는데 말이야."

"그래서 말입니다만 그 레이더가 반응하지 않습니다."

"말조심해!"

목소리가 날아온 순간 아래 연못에서 거대한 물기둥이 솟아올랐다. 무대 바로 앞까지 그 물이 밀려와 고더트의 모습을 삼켜버린다. 고더트는 오른손은 허벅지에 올려두고, 한쪽 무릎을 꿇은 자세는 그대로 유지한 채 물세례를 받는 굴욕을 묵묵히 견뎌내고 있었다. 물보라가 가라앉고 나서 깊이 머리를 조아린다.

"……무례를 용서해주십시오."

"알겠나. 이 별을 구하려면 에텔의 힘이 꼭 필요해. 반드시 에스펄을 잡아서 내 앞에 끌고 와라. 알겠나, 이게 마지막 기회라고 생각해."

"네."

주렴 너머의 빛이 사라진다. 투구에서 떨어지는 물소리를 들으면서 고더트가 꾹 주먹을 쥐었다.

디아팔레스 아래, 군 수색선이 기다리는 항구로 고더트가 돌아왔다. 정비용 크레인과 수리용 차가 오가는 가운데 나타난 자신들의 대장을 부하들이 맞아준다.

고더트의 부하 중에서도 특히 오랫동안 모셔온 크라브와 캔서 콤비였다.

"고더트 대장님! 디아볼로 님이 뭐라고 하십니까?"

"우리 같은 짐꾼 부대에게는 이게 마지막 기회인 것 같다."

벌써 오랫동안 아무런 성과도 올리지 못하는 짐꾼 부대. 자신들이 그렇게 불리고 있다는 것을 고더트는 물론이고 수색대 모두가 알고 있다. 크라브와 캔서가 서로의 얼굴을 마주 보다가 곧바로 앞장서서 걷는 고더트 뒤를 쫓았다.

"하지만 대장님, 정말 에스펄 같은 게 있긴 한가요? 그건 옛날이야기에나 나오는 구세주잖아요? 이 별의 문명을 발전시켰다는…….'"

"그런 게 있을 리 없어요. 가령 있다 해도 어차피 그냥 평범한 인간일 게 뻔합니다."

"인간이기는커녕 악마라는 설도 있던데요."

"어느 쪽이 됐든 찾지 못하는 건 우리 책임이 아닙니다!"

에스펄은 아주 옛날, 이 별에 있었다고 하는 환상의 생물이다. 가구야 별에 사는 아이들이라면 누구나 밤에 잠들기 전에 부모에게 한 번쯤은 들었을 옛날이야기에 등장한다. 수색대는 사실 '그런 가공의 존재를 진지하게 몇 백 년씩이나 찾아서 어쩌자는 것이냐' 하고 생각하고 있었다. 그 불만과 의문을 입 밖으로 내지 않는 것은 디아볼로의 명령이 절대적이기 때문이었다.

하지만 내심은 대장도 이런 무의미한 짓을 수행하는 게 지긋지긋하지 않을까. 그렇게 생각하는 부하들에게 고더트는 담담하게 반응했다.

"그렇게 말하지 마라. 에스펄 수색은 우리 임무다. 어떤 말을 듣든 불이 없는 곳에서 연기는 피어오르지 않는 법. 그리고."

수색선 앞에 서서 고더트가 우주선을 조용히 올려다본다. 갑옷을 걸친 가슴 위쪽에 손을 대본다. 그 몸짓은 뭔가 소중한 것을 가여워하는 듯하다. 중얼거리듯 말했다.

"슬슬 예언의 때도 됐고……."

"대장님?"

"아니, 아무것도 아니다. 가자. 출발이다!"

부하에게 신호하고 배에 올라탄다.

두껍게 깔린 구름 천장을 뚫고 올라가듯 고더트 수색선이 가구야 별에서 출발한다.

제2장. 토끼 왕국으로의 초대장

공터에 달맞이꽃이 피어 있었다.

거기에 있는 것은 평소의 멤버들. 퉁퉁이, 비실이, 이슬이. 모두 진구가 보여주고 싶은 게 있다고 해서 모인 것이었다.

"뭐야, 보여주고 싶다는 게?"

"시시한 거면 알아서 해!"

퉁퉁이와 비실이의 으름장 앞에서도 오늘의 진구는 자신만만한 표정이었다.

"짜자자자잔!"

배수관 앞에 서서 모두를 향해 손바닥을 펼쳤다. 그 위에 있는 것은 특이한 마크가 새겨진 '이설 클럽 멤버스 배지'였다.

"오래 기다리셨습니다! 달의 토끼 왕국으로 가는 초대장입니다!"

"아앗!"

"무슨 소리야?"

세 사람 모두 놀라서 소리쳤다. "토끼 왕국이면 토끼가 있는 거야?" 하고 묻는 퉁퉁이에게 비실이가 어이없다는 듯 "있을 리가 없잖아?" 하고 대답한다.

"달에선 생물이 살 수 없으니까."

"반드시 그렇다고도 할 수 없을 걸~."

비실이가 그런 말을 할 줄 알았다는 듯이 진구가 반론하려는데, 갑자기 "저기!" 하는 목소리가 끼어들었다.

"나도 끼워줘."

그 목소리에 모두는 어리둥절하며 고개를 돌렸다. 돌아보니 공터 입구에 루카가 서 있었다.

"루카 군."

"그냥 루카라고 불러도 돼. 그보다……."

모두의 주목을 한 몸에 받고 있는 슈퍼 전학생이 싱긋 웃으며 말한다. 그 표정 그대로 루카가 묻는다.

"달의 왕국이란 게 어떤 거야?"

루카의 눈이 꿰뚫듯 진구를 똑바로 바라본다.

진구의 방에 평소 멤버들이 찾아왔다.

"나 왔다!"

"실례합니다."

"여전히 지저분한 방이네."

퉁퉁이, 이슬이, 비실이. 그리고.

"어, 넌?"

'어디로든 문'을 준비해두고 도라에몽은 달로 금방이라도 떠날 수 있게 해놓았다. 모자를 쓴 낯선 남자아이를 보고 도라에몽이 고개를 갸웃거리자, "전학생인 루카야." 라고 진구가 설명한다.

"달에 흥미가 있었대. 이설 클럽 멤버로 받아줘도 괜찮지?"

"당연하지! 배지는 많아."

배지 상자를 들고 도라에몽이 루카에게 다가가 인사를 한다.

"난 도라에몽이야. 잘 부탁해."

"응, 나도."

그렇게 말하면서 상자 속 배지를 루카가 집어 들었다. 그때 도라에몽 손에 또 다른 작은 손이 스친 듯한 감촉이 느껴져서 "응?"하고 상자를 확인했다. 특별히 이상한 건 없다. 묘하다고 생각하면서도 배지 상자를 그대로 집어넣었다.

"여러분! 배지는 잘 착용했지?"

'어디로든 문' 앞에 배지를 단 이설 클럽의 멤버들 모두가 나란히 섰다. 아직도 불만스럽게 "달았어!" "잘난 체 그만해!" 하고 말하는 퉁퉁이와 비실이 앞에서 도라에몽이 득의양양하게 가슴을 편다.

"그럼 달의 토끼 왕국으로 출발!"

문을 지나 달의 뒤편으로 날아간다.

달 뒤편의 토끼 왕국 돔은 그 모양이 상당히 바뀌어 있었다.

돔 전체가 마치 대도시거나 대규모의 놀이공원 같다. 지난번 왔을 때 거대한 대나무 숲으로 덮여 있었던 중앙의 섬에 당근처럼 보이는 커다란 탑이 세워져 있었다. 탑 꼭대기에 주렁주렁 매달린 나뭇잎 같은 식물들이 무성하게 자라 있다.

색색의 불빛들이 그 섬에서 이쪽을 향해 반짝반짝 빛나고 있었다.

"이게 토끼 왕국이라고?"

"달의 뒤편이고?"

퉁퉁이와 비실이가 섬 쪽을 보며 입을 쩍 벌린다. '반짝 대나무'의 빛나는 모습에 이슬이가 "와아!" 하고 탄성을 질렀다.

"마치 가구야 공주의 세계 같아!"

"하지만 이상하잖아! 달의 중력은 지구보다 훨씬 작을 텐데. 어떻게 된 거야!"

비실이가 제정신을 차린 듯 불만스럽게 말했지만, 도라에몽이 배지를 가리키며 "그건 이 배지 덕분이야." 하고 자랑스럽게 가슴을 폈다.

그때, 깡총깡총 작은 소리가 다가왔다.

소리와 함께 서서히 그 모습이 드러난다. 토끼 모양의 작은 카트. 그것이 깡충깡충 뛰는 동작을 반복하며 이쪽으로 다가오고 있었다.

정지한 카트에서 무빗들이 나타났다. 긴 귀와 빨간 눈을 가진 그 모습에 퉁퉁이와 비실이가 경악했다.

"토끼?!"

"이럴 수가!"

이슬이 "귀엽다!" 하며 소리친다.

그 목소리를 들으면서 진구는 신나서 어쩔 줄을 몰랐다.

"와아, 우리 마중 나왔구나!"

흥분해서 앞으로 나서자 무빗들이 "무무!" "비비!" 하며 이쪽으로 다가온다. 이번에야말로 나를 알아보는구나 싶어서 막 달려가려는 찰나, 진구를 지나친 무빗들이 우르르 진구 뒤에 있는 도라에몽 쪽으로 몰려간다.

진구가 쳇, 하고 혀를 찼다.

"정말, 또 도라에몽만 신 취급이네."

카트를 타고 다리를 건너 왕국 안쪽으로.

다리 너머로 가까워지는 왕국의 모습을 보고 도라에몽과 진구의 입에서는 자신도 모르게 감탄의 한숨이 새어 나왔다.

"거리가 더 넓어졌어……!"

"후후. 이러다간 우리 문명도 순식간에 추월하겠는걸."

카트 옆으로 온갖 풍경이 계속해서 흘러간다.

연못에 초승달 모양의 곤돌라가 떠 있고, 거리 중심에는 경단 모양으로 이어붙인 모노레일이 달리고 있다. 거리 여기저기의 건물 창으로 수많은 무빗들이 몸을 내밀고 이쪽을 바라보고 있었다.

"우리를 환영해주는 거야!"

진구 일행이 손을 흔드는 동안 퉁퉁이와 비실이의 놀라움은 여전히 계속되고 있었다.

"저기 봐, 떡 벽돌로 집을 짓고 있어!" 하고 비실이가 말하면, "저건 떡 콘크리트야." 하고 퉁퉁이 가리킨다. 그렇게 생각해서인지 맛있는 떡 냄새가 나는 것 같기도 하다.

"왠지 배가 고파지네."

비실이가 그렇게 말하자 그 말을 알아듣기라도 한 것처럼 카트가 시내에 도착하자마자 바로 요리사 모자를 쓴 무빗이 다가왔다.

"비빗!"

주방장이 짝짝, 하고 손뼉을 치자 그것이 신호가 되었다.

"우와아!"

"엄청 맛있겠다!"

"잘 먹겠습니다!"

꼬치경단에 떡 에클레어(초콜릿을 바른 갸름한 슈크림―역주), 당근 케이크에 떡 아이스크림. 떡 피자에 단팥죽, 그리고 떡 도라야키까지.

환영의 뜻을 담은 음식 대접에 모두 정신없이 먹었다.

"맛있어!"

다함께 소리 맞춰 외치며 환히 웃었다.

식사를 다 마치고 나서 진구가 "저기 당근 같은 탑에도 올라가고 싶어!" 하며 일어섰다.

그런데 그때 진구의 발밑에서 책을 보며 종종걸음으로 걸어가던 무빗이 있었다. 둘이 부딪히는 바람에 진구가 스콘과 함께 벌렁 자빠졌다.

"아야. 뭐야? 위험하잖아!"

진구가 몸을 일으키며 손을 치켜들자, 부딪힌 무빗이 "비빗!" 하며 뛰어올랐다. 그대로 넉살 좋게 이슬의 손 쪽으로 피신한다.

토끼의 얼굴을 보고 진구는 깜짝 놀랐다. 다른 무빗과는 달리 안경을 쓰고 있었던 것이다. 이슬이도 그것을 알아챘다.

"저기, 이 아이, 진구 닮지 않았어?"

"아앗?!"

진구가 안경을 고쳐 쓰면서 자세히 보려는데 바로 비실이의 목소리가 날아왔다.

"그러네, 얼빠진 게 똑같아!"

"그럼 노빗이라고 부르자."

"어어!"

퉁퉁이까지 그렇게 말해서 진구는 불만스럽게 소리치다가 뒤늦게 기억 하나를 떠올렸다. 지난번 토끼 왕국에 왔을 때 자신의 안경을 찬찬히 들여다보며 렌즈로 장난치던 한 마리의 무빗이 있었다는 것을.

"너 혹시 내 안경 가지고 장난치던 그 무빗?"

"비빗?"

안경을 벗고 뽀득뽀득 열심히 닦는 시늉을 하자 도라에몽도 "아아." 하며 생각이 난 모양이었다.

"자기가 직접 안경을 만든 건가?"

"어디, 어디. 잠깐 줘봐."

진구가 자신의 안경을 이마 위로 올리고, 노빗의 작은 안경을 시험 삼아 써보기로 했다. 하지만 아주 잠깐 써보았을 뿐인데, 곧바로 "끄악!" 하고 소리쳤다.

"뭐야, 이거?!"

시야가 소용돌이치듯 빙글빙글 돌고 비뚤배뚤 일그러져 맞은편에 있는 게 잘 보이지 않는다. 초점이 맞지 않는 안경. 이런 거라면 쓰지 않는 게 더 낫다.

"더 안 보이잖아. 안경은 물건을 잘 보기 위해 쓰는 도구인데, 이러면 완전 반대야."

자신도 모르게 진구가 그렇게 말하자, 노빗이 분개한 듯 "비빗!"

하고 소리치며 진구에게서 안경을 낚아챘다. 소중한 물건이라도 다루듯 원래대로 쓰는 그 모습을 보며 도라에몽이 웃었다.

"저 아이한테는 저렇게, 반대인 물건도 괜찮은 모양이지."

"이상해!"

진구가 그렇게 말하자 이슬이 노빗의 눈높이에 맞도록 몸을 낮춘다.

"노빗. 토끼 왕국을 안내해주지 않을래? 부탁할게."

이슬이가 상냥하게 말하자 노빗의 얼굴이 화악- 하고 새빨개진다.

"노비비!"

하고 가슴을 두드리며 흔쾌히 승낙하는 그 모습이, 알아듣지는 못해도 '나한테 맡겨주세요'라고 말하는 것처럼 보였다. 그 모습을 보고 퉁퉁이 "역시 노빗이군." 하며 웃었다.

왕국 한복판의 당근 탑 내부는 거대한 상업시설이었다.

우선 아래층은 떡 공장.

달의 모습과 꼭 닮은 토끼 로봇들이 리드미컬한 움직임으로 쿵떡 쿵떡, 하고 떡을 찧고 있다. 그 맞은편의 널찍하고 긴 레인에서는 무빗들이 수작업으로 떡을 빚고 있다.

그밖에도 무빗들의 도서관과 달 모양의 그네가 흔들리는 공원, 유원지, 뮤지컬 극장과 DJ부스, 게임센터. 온갖 것들이 있다.

"굉장해. 무중력으로 춤을 추고 있어. 문 디스코다."

미러볼이 반짝이는 댄스홀에서 문워크를 하는 무빗들을 보며 비실이가 감탄의 한숨을 내쉰다.

"아, 즐거웠어."

"노빗, 고마워."

왕국 여기저기를 돌아보고 난 후, 이슬이가 노빗의 머리를 쓰다듬어주었다. 오기 전에는 그토록 떨떠름해 하던 뚱뚱이조차 "토끼 왕국 최고야!" 하며 기분 좋게 소리칠 정도였다.

하지만 비실이만은 여전히 불만스러워 보였다.

"그래도 역시 이상해. 달에 토끼라니⋯⋯."

그 순간 "그만해!" 하며 퉁퉁이의 주먹이 날아왔다. 큭, 하고 소리 내며 쓰러진 비실이를 향해 퉁퉁이 말한다.

"달의 토끼를 믿지 않는 놈은 이 몸이 용서하지 않을 테다!"

"알았어. 있다고 말하면 되는 거잖아?!"

그토록 진구를 놀려대고 눈에 보이는 것만 믿어 왔는데, 그 말을 듣고서야 진구는 "좋았어!" 하며 펄쩍 뛰었다.

"이걸로 내 이야기가 증명됐어!"

그렇게 진구가 기뻐하는 가운데, 실은 이 중에서 누구보다 이 토끼 왕국에 놀라고, 마음속으로 줄곧 의문을 품어왔던 멤버가 있었다.

루카였다.

왕국을 둘러보는 동안, 아니, 달에 도착하고 나서부터였지만 말이

안 나올 만큼 계속 압도당하고 있었다.

"저기, 달에 어떻게 이런 풍요로운 나라가 있는 거지?"

이제야 겨우 루카가 물었다. 진구가 도라에몽을 보았다.

"도라에몽은 22세기에서 온 로봇이야. 미래 세계의 비밀 도구 힘으로 여러 가지 일을 할 수 있지."

도라에몽이 루카의 가슴에 달린 배지를 가리킨다.

"실은 그 배지의 힘이야. 이 세상에서 당연한 것으로 여겨지는 정설과는 달리, 이설의 세계를 실현하는 도구지. 지금 우리는 모두 달의 뒤편에는 공기가 있고 생물이 살 수 있다는 이야기를 믿는 동료가 됐어. 그런 가운데 나와 진구가 무빗 나라를 만들었지."

"뭐야. 그런 거였나."

"그래서 이상하다고 했잖아!"

퉁퉁이와 비실이가 그렇게 말했지만, 이슬이만은 노빗을 바라보며 미소 지었다.

"하지만 낭만적이야. 달에 토끼가 정말 있다니."

설명을 듣고 루카의 표정이 환해졌다.

"굉장해……."

자신도 모르게 말이 새어 나왔다.

"이 배지가 있으면, 그럼 어떤 일이든 다 실현할 수 있는 거야?"

"아니. 실현할 수 있는 건 어디까지나 오랫동안 믿어 온 '이설'뿐이야. 그때그때 떠오른 것이나 소원을 이뤄주는 도구가 아니라고. 오랫동안 이야기해온 사람들 때문에 생겨난 '이설'이 있어야만 가능하지."

도라에몽이 루카에게 설명하고 난 후 묘하게 차분한 표정을 짓는다.

"모두들 잘 들어!" 하며 손을 치켜들었다.

"지금 달에 공기가 있는 건 이 배지 덕분이야. 배지가 없으면 숨을 쉴 수 없게 되니까 절대 떼지 말 것. 뗀 순간 우주 공간에 던져진 것이나 마찬가지라고!"

"아앗! 그런 거였나. 무섭다~!"

설명을 듣고 퉁퉁이와 비실이가 팔을 감싸 안으며 몸을 떨었다. 이슬이가 신기하다는 듯 무빗들의 거리로 눈길을 주었다.

"그럼 배지가 없는 사람은 토끼 왕국이 안 보이는 거야? 무빗들의 모습도?"

"그래. 이설 세계에서 만든 건 정설 세계에서는 안 보여."

"그럼 우리는?"

진구가 물었다. 지금 이렇게 달의 세계에 있는 것을, 이를테면 지구에서 온 달 탐사기가 관측하면 어떻게 보일까.

"우리는 정설 세계에서 왔기 때문에 배지를 달지 않은 사람에게도 보여. 다만, 토끼 왕국 안에 있을 때는 안 보이지."

"왠지 복잡하네."

"아무튼 배지만 떼지 않으면 괜찮은 거잖아."

퉁퉁이와 비실이가 그렇게 말하자, 도라에몽이 "뭐, 그런 셈이지." 하며 어깨를 으쓱였다.

"그것만은 꼭 조심해."

달의 토끼 왕국에는 극장도 있다.

현재 인기 최고의 영화는 괴수 액션의 초대형 작품이다.

도라에몽 일행이 극장 앞에 막 도착했을 때 안에서는 영화가 한창 절정을 맞이하고 있었다. 주인공과 여주인공이 모험 도중 사랑을 속삭이는 명장면이었다.

"무비무."

"무비무♡"

두 마리가 서로 손을 맞잡고 다가서던 그때. 쿠쿵, 하고 묵직한 진동음이 화면 안에 울려 퍼졌다. 이변을 눈치채고 퍼뜩 놀라는 두 마리. 그리고 그들 앞에.

그 순간 스크린이 덜컹— 하고 흔들렸다. 영상 안에서가 아니라, 현실의 진짜 스크린이.

쿵, 하고 묵직한 충격이 극장에 전해진다. 스크린 중앙에 찌직— 하는 소리와 함께 작은 균열이 생기고, 구멍이 뚫렸다. 그 구멍에서 뭔가가 튀어나온다. 쿵쿵, 하고 냄새를 맡으며 이리저리 살핀다. 무엇인가의 코 같다.

영화를 보던 무빗들이 어찌 된 영문인지 몰라 눈을 휘둥그레 뜬다. 다음으로 등장한 것은 날카로운 발톱이었다.

뾰족한 발톱이 스크린을 발기발기 찢고, 거기에서 난폭하기 짝이 없는 얼굴이 나타난다. 영화 홍보 포스터에 있던 것과는 다른, 기다란 귀의 거대한 괴수가 두 손으로 스크린을 찢어발기고 무시무시한 괴성을 지르며 객석으로 돌진했다.

"무가빗!"

"비빗!" 하고 객석의 무빗들이 일제히 비명을 지르며 뛰어올랐다. 하지만 3D 안경을 쓰고 있는 무빗들만은 그것이 3D 연출인 줄 알고 꼼짝도 하지 않는다. 한 박자 늦게 안경을 들어 올렸다가 비로소 "비빗!" 하며 도망쳤다.

무빗들이 우왕좌왕하며 극장에서 하나둘 펄쩍거리고 뛰쳐나왔다. 밖에 있던 도라에몽 일행은 "왜 이리 소란스럽지?"하고 고개를 갸웃거리며 그 모습을 지켜보고 있었다.

"운동회라도 하는 건가."

"하지만 왠지 도망치는 거 같은데……."

삐걱거리는 소리가 머리 위에서 들렸다. 모두가 그 소리를 듣고 올려다보려는데, 콰앙, 하고 극장 벽을 부수며 거대한 괴수가 튀어나왔다. 그 모습을 보고 진구가 앗, 하고 소리쳤다.

"저건 내가 만든 토끼 괴물이잖아!"

긴 귀, 부리부리한 큰 눈, 뾰족한 앞니. 기다랗게 휘두르는 힘세 보이는 꼬리. 만들다 만 듯한 실패작이라고 생각해서 버렸지만, 저 괴수도 '동물 찰흙'으로 만든 것이었다. 까맣게 잊고 있었는데……!

깜짝 놀란 진구 일행의 앞을 토끼 괴물이 가로지른다. 그때, 진구 일행과 함께 있던 노빗을 토끼 괴물의 앞니가 사로잡았다. 노빗을 문 채로 괴물이 점프한다.

"노빗!"

노빗이 "노비~!" 하고 비명을 지른다. 진구 일행 바로 앞에서 당근 탑의 두꺼운 유리창을 부수며 거리로 뛰어내린다. 그 앞에 있는 건 모노레일이었다.

"큰일 났다!"

토끼 괴물의 팔이 꽈직— 하고 모노레일의 레일을 움켜쥐었다. 철봉에 매달린 것처럼 이리저리 몸을 흔든다. 모노레일 차량에서 무빗들이 "비빗!" 하고 무수히 많은 비명을 질렀다. 토끼 괴물이 몸을 움직일 때마다 차량이 흔들리며 금방이라도 레일에서 떨어질 것 같다.

"큰일 났어! 다 함께 가보자!"

도라에몽이 그렇게 말하며 주머니에서 각자의 '대나무헬리콥터'를 꺼냈다.

"루카는 위험하니까 여기서 기다려!"

말과 동시에 다섯 명이 모노레일 쪽으로 달려간다.

모두의 뒷모습을 보며 혼자 남은 루카는 그들을 따라가려고 했다. 하지만 이내 멈춰 서더니, 잠시 후 뭔가를 결심한 듯 굳은 표정으로 변했다. 모두와는 다른 방향으로 발걸음을 돌려 뛰어갔다.

"노빗을 놔줘!"

"모노레일에서 떨어져!"

저마다 토끼 괴물을 향해 소리치며 다가가는 일행 앞에서, 토끼 괴물은 모노레일과 장난치듯 여전히 대롱대롱 매달려 있었다.

"무가비?"

도라에몽 일행을 알아채고 성가시다는 듯 몸을 돌려 차량 위로 기어 올라간다. 그대로 힘차게 토끼 괴물이 점프한다. 그 순간, 선두 차량을 지탱하던 레일의 걸쇠가 무게를 견디지 못하고 뚜욱- 부러졌다.

"무비비비!"

"비비비!"

무빗들의 비명과 함께 모노레일 차량이 떨어졌다.

"위험해! '슈퍼장갑'!"

차량을 쫓아가면서 도라에몽이 주머니에서 도구를 꺼낸다.

"다 같이 가자!"

"그래!"

장갑을 건네받은 퉁퉁이, 비실이, 이슬이 그것을 끼면서 함성과 함께 하강한다. 엄청난 모래 먼지가 피어오르고, 주위 무빗들은 모두 눈을 감았다.

눈을 다시 떴을 때 모래 먼지가 사라지며 보인 것은, 장갑을 낀 도라에몽 일행이 각각의 모노레일 차량을 땅바닥에 닿기 직전에 붙잡아 가볍게 들어 올린 모습이었다.

"비!"

"무비!"

"휴우, 아슬아슬했다."

차량을 천천히 바닥에 내려놓고 문을 통해 승객 무빗들이 무사한 모습으로 나오는 것을 바라보며 모두 안도의 한숨을 내쉬었다. "다행이야." 하고 무빗들을 바라보던 그때, 이슬이 "앗." 하고 중얼거렸다. 주위를 둘러본다.

"진구가 없어!"

"어?"

도라에몽 역시 처음으로 그 사실을 깨달았다.

노빗을 문 토끼 괴물은 토끼 왕국의 지하수로로 도망쳐 들어갔다. 모노레일과 거리 여기저기를 파괴하면서 나아가다가, 여기라면 더는 쫓아오지 못할 것이라 생각하고 앞만 보고 달렸다.

그런데 갑자기 수로 옆의 구멍에서 기묘한 빛이 쏟아져 나왔다.

"무가?"

토끼 괴물이 자신도 모르게 그 움직임을 따라 시선을 옮겼다. 그것은 빛의 구슬이었다. 토끼 괴물을 유인하듯 반짝반짝, 둥실둥실, 이리저리 움직인다. 마치 자신의 의지로 그러는 것 같다.

"무가?"

토끼 괴물이 고개를 갸웃거린다. 그러는 동안 빛이 다른 곳으로 가버렸다. 토끼 괴물은 노빗을 입에 문 채 재빨리 빛을 쫓아갔다. 수로의 좁은 쇠창살을 비틀어 열고 물을 첨벙거리며 달려간다.

거기까지 겨우 진구가 쫓아왔다.

"노빗!"

다른 네 명이 모노레일 승객들을 돕고 있는 동안에도 진구는 토끼 괴물을 놓치지 않으려고 계속 쫓고 있었다. 자신과 꼭 닮은 노빗을 아무래도 못 본 체할 수 없었다.

수로로 급히 뛰어드는 바람에 '대나무헬리콥터'가 부러진 쇠창살에 부딪혔다. 떨어진 '대나무헬리콥터'를 찾아 머리 뒤로 손을 뻗어 보았지만, 없다. 할 수 없이 토끼 괴물을 걸어서 쫓아간다.

"기다려! 널 함부로 내버린 건 잘못했어. 하지만 그렇다고 마구 날 뛰면 안 되잖아."

열심히 소리쳐보았지만, 토끼 괴물은 "무가!" 하고 외치며 엄청난 속도로 뛰어갔다. 진구는 "무시하지 않을게." 하고 울먹이며 호소했다.

그러는 동안에도 토끼 괴물은 빛 구슬과의 술래잡기에 정신이 없었다. 쫓다 보니 갑자기 널찍한 장소가 나왔다. 빛 구슬이 이리저리, 토끼 괴물을 농락한다.

빛에 정신이 팔린 토끼 괴물의 등 뒤까지 진구가 다가갔다. 가까이에 있던 떡 벽돌을 들고 고함과 함께 던졌다.

"노빗을 돌려줘!"

떡 벽돌이 토끼 괴물의 뒤통수에 정확히 맞았다. 그 바람에 드디어 노빗이 괴물의 앞니에서 해방되었다.

"노비!"

"됐어…!"

진구가 기뻐한 것도 잠깐, 토끼 괴물이 성난 눈으로 돌아보았다.

"아니……. 하하하하."

어색하게 웃으며 뒷걸음질 치다 진구는 그대로 도망치려 했다. 하지만 곧바로 토끼 괴물의 날카로운 발톱이 진구의 몸을 움켜쥐었다.

"무가!"

"으아아!"

그대로 하늘 높이 치켜든다. 땅바닥에 내동댕이치겠구나 생각하며 마음을 굳게 먹었다.

그런데 그때 또다시 눈부신 빛 구슬이 다가왔다. 토끼 괴물 주위를 반짝반짝반짝, 선회한다.

"뭐지?!"

진구를 손에 쥔 채 토끼 괴물의 눈이 빛을 쫓는다. 빙글빙글 도는 그 움직임을 따라가기만 해도 벅차다. 이윽고 어쩔 줄 모르고 쩔쩔매다, "무가무!" 하고 토끼 괴물의 손에서 힘이 빠졌다. 그대로 뒤로 벌렁 자빠지자 손안의 진구가 튕겨져 나왔다.

"아아앗! 잠깐!"

풀려난 것을 기뻐할 겨를도 없이 진구의 몸이 수로 아래, 울타리 밖으로 떨어진다. 낙하하기 직전, 재빨리 울타리 끝부분으로 손을 뻗었다. 필사적으로 매달렸지만, 금방이라도 떨어질 것 같다.

수로 아래는 토끼 왕국의 끝 지점인 듯했다. 깊디깊은 세로동굴이 밑을 향해 시꺼멓게 뻗어 있었다.

"노비비비!"

노빗이 진구를 돕기 위해 달려오려고 한다. 진구는 어떻게든 자기 힘으로 기어 올라오려고 겨우 팔꿈치를 울타리에 걸었다.

하지만 대나무로 만든 울타리 일부가 뿌직- 하는 소리를 내며 부서졌다. 그러면서 가슴에 달린 배지가 걸리고 말았다.

배지가 가슴에서 떨어졌다. 떨어짐과 동시에 진구의 몸이 낙하했다. 아래로, 아래로, 떨어진다.

"앗!"

외마디 비명을 지르는 것과 동시에, 생각이 났다.

도라에몽이 한 말.

—지금 달에 공기가 있는 건 이 배지 덕분이야.

—배지가 없으면 숨을 쉴 수 없게 되니까 절대 떼지 말 것.

—뗀 순간 우주 공간에 던져진 것이나 마찬가지라고!

그것만은 꼭 조심해.

"도라에……."

패닉 상태가 되어 배지로 손을 뻗는 순간, "노비비!" 하고 비통하게 외치는 노빗의 목소리가 들린 것도 같았다. 하지만 정확히는 소리치는 노빗의 얼굴을 보았을 뿐이었다. 아무것도 듣지 못했다. 시야가 일그러진다. 배지의 효과가 사라져간다. 소리가 두절되고, 빛이 사라지고, 깊디깊은 곳에서 진구의 몸과 의식을 삼켜간다.

"이거, 진구 거잖아?!"

지하수로 안에서 비실이가 '대나무헬리콥터'을 주워들었다.

도라에몽의 비밀 도구 '경찰견 코'로 냄새를 더듬어 도라에몽 일행은 지하수로에 도착했다. 냄새가 끊긴 그곳은 수로의 울타리가 부서져 수상한 분위기를 풀풀 풍기고 있었다.

　"역시, 진구는 이 안으로……."

　이슬이 중얼거린다. 발견한 '대나무헬리콥터'를 보고 다 같이 안으로 들어가려는데.

　"무가비!"

　우렁찬 외침과 함께 통로 안에서 나타난 것은 아까 거리를 파괴했던 토끼 괴물이었다.

　"으아아아아아!"

　네 명이 '대나무헬리콥터'로 뿔뿔이 도망친다. 비실이가 소리쳤다.

　"왜 진구가 아니고 이놈이 여기 있는 거지?!"

　"무가!"

　"이럴 때는 '길들이기 경단'! ……은 다 떨어졌지."

　"에에엣!"

　보란 듯 도구 이름을 외쳤는데, 꺼낸 주머니는 텅 비어 있었다. 도라에몽이 서둘러 "그래!" 하며 주머니에 손을 넣는다.

　"'잊어버려 꽃'~!"

　도라에몽이 빠르게 설명한다.

　"이 꽃 냄새를 맡으면 무엇이든 다 잊어버려. 그러니까……."

자신만만하게 말했는데, 도중에 도라에몽의 코끝으로 뭉클- 하고 풀에서 냄새가 피어올랐다. 그 순간 도라에몽의 얼굴이 주르륵- 하고 금방이라도 녹아내릴 것처럼 변한다.

"어라? 나 뭐 하고 있었지?"

"뭐 하고 있었냐니!"

"정신 차려!"

퉁퉁이와 비실이가 소리치는 동안 토끼 괴물이 바로 가까이- 눈앞에까지 와 있었다. 사냥감을 발견하고 위협하듯 날카롭게 크르르르- 하고 소리를 내며.

"도라에몽, 그것 줘!"

아직도 어리둥절한 표정의 도라에몽 옆에서 이슬이 '잊어버려 꽃'을 빼앗는다. 금방이라도 공격당할 것 같은 바로 그 순간, 돌아서며 토끼 괴물의 코끝에 '잊어버려 꽃'을 갖다 댔다.

뭉클, 하고 냄새가 피어올랐다. 그 냄새에 토끼 괴물이 "무가?!" 하고 눈을 가늘게 뜨며 움직임을 간신히 멈췄다.

"후가?" 하고 부드러운 표정으로 변했는가 싶었는데 그대로 고양이처럼 몸을 둥글게 말고 이슬에게 몸을 비벼온다.

"후가비~."

"이젠 날뛰면 안 돼, 알았지? 앞으로는 다 같이 사이좋게 지내는 거야."

"뭐야, 자세히 보니 이 녀석도 제법 귀엽잖아."

토끼 괴물을 퉁퉁이가 쓰다듬어준다. 이제야 제정신으로 돌아온 도라에몽이 "헉!" 하고 놀란다. "난 대체 뭘 한 거지?"

그때 수로 안에서 소리가 들렸다. "노비비, 노비비!" 하고 필사적으로 호소하는 그 소리는 노빗의 것이었다.

"노빗!"

"너도 무사했구나?!"

소리 나는 쪽으로 모두가 달려갔다.

진구는 어딘가 어두운 곳에서 눈을 떴다.

"여기는 어디지……? 아야야야야…….

몸 이곳저곳이 아프다. 천천히 몸을 일으키며 가슴께로 손을 가져 간다. 그리고.

"앗! 배지!"

배지가 없다는 걸 깨닫고 퍼뜩 놀란다. 패닉 상태가 된다.

"수, 숨……. 숨을 쉴 수가 없어. 공기…… 큭!"

목을 움켜쥐고 기다가 어둠 속으로 손을 뻗는다. 그러자, 그때였다.

〈진정해!〉

어딘지 알 수 없는 곳에서 목소리가 들려왔다. 따뜻하게 자신을 비추는 빛에서 훈훈한 온기와 환한 기운을 느낄 수 있었다.

〈괜찮아. 천천히 숨을 들이마셔.〉

그 목소리에 이끌리듯 진구는 천천히, 심호흡했다. 자신이 숨을 쉬고 있다는 것, 목소리가 나오고 있다는 것, 눈이 보인다는 것을 자각한다. 배지가 없는데도 말이다.

"공기가 있어⋯⋯."

얼굴을 들자 누군가가 다가오는 발소리가 들린다. 따뜻한 빛은 토끼 괴물을 쫓아왔을 때 본 빛 구슬과 같은 색깔이다. 그 빛을 받아 목소리 주인공의 얼굴이 또렷이 보였다. 그 얼굴을 보고 진구는 숨을 삼켰다.

"너는⋯⋯ 헉!"

"노빗! 노빗! 노비비~!"

같은 시각, 노빗이 준 배지를 바라보며 도라에몽 일행 또한 숨을 삼키고 있었다.

"이건 진구의 배지야!"

그 말에 나머지 세 명이 서로의 얼굴을 번갈아 쳐다본다.

"이럴 수가……. 배지가 없으면 공기가 사라져서 숨을 쉴 수가 없게 되잖아?"

이슬이 그렇게 말하자 도라에몽의 손에서 배지가 굴러 떨어졌다. 그대로 "으앙~!" 하고 울며 도라에몽이 날아오른다.

"진구야!"

"설마?!"

"늦은 거야?"

"그럴 리 없어! 진구는 틀림없이…….."

이슬이 눈물을 글썽이며 말하는데 밑으로 다시 내려온 도라에몽이 "내가 따라갔으면 이런 일은…….." 하고 중얼거렸다. 그대로 주머니에서 특대 망치를 꺼낸다. "나를 망가뜨리는 것으로 벌을 받겠습니다." 하며 자신을 향해 내리치려 한다.

"잠깐!"

"그만둬!"

"도라에몽이 망가진다고 어떻게 해결되는 것도 아니잖아!?"

"노비!"

모두가 말렸지만, 도라에몽은 "놔줘, 그냥 망가질래!" 하고 울부짖었다.

그때.

얘들아, 하는 소리가 들리는 것 같았다. 그 소리에 모두의 움직임이 우뚝 멈췄다. 서둘러, 소리 나는 방향, 즉 수로 아래 울타리로 모두가 몸을 내밀었다. 귀를 기울인다. 그러자…….

"얘들아!"

이번에는 틀림없이 목소리가 또렷이 들렸다.

"진구 목소리다!"

"다행이다! 무사했어!"

"저 자식!"

난폭한 말투였지만 퉁퉁이도 눈이 젖어 있었다.

"하지만 배지가 없는데 어떻게……."

비실이가 그렇게 말하자 모두가 "아무튼 밑으로 내려가 보자." 하고 '대나무헬리콥터'를 작동하여 어두운 동굴 속으로 내려갔다.

통로에 남아 있던 노빗이 떨어진 진구의 배지를 주웠다. 흥미진진하게 "노비비?" 하며 그 신비롭게 빛나는 마크를 가만히 들여다보았다.

동굴은 깊고 깊어, 달의 중심부까지 이어진 게 아닐까 싶을 정도로 계속, 한없이 깊이 들어갔다.

"상당히 많이 내려왔는데."

"달에 이렇게 깊은 구멍이 있었다니……."

구멍 안에는 동굴의 입구 같은 것이 사방으로 난 장소가 있었다. 거기에서 빛이 새어 나오고 있었고, "얘들아." 하는 목소리도 들려왔다.

"여기에서 들린다. 발밑이 울퉁불퉁하니까 조심해……."

'대나무헬리콥터'로 내려와 조심스레 살피는데 도라에몽이 미끄러지는 바람에 동굴 안쪽으로 굴러 떨어졌다.

"으아아!"

"도라에몽!"

"도라에몽!"

한번 붙은 가속도는 좀처럼 줄지 않는다. 굴러 떨어지는 도중에 몸이 투명한 막 같은 것을 뚫고 지나갔다. 도라에몽에 이어서 비실이와 퉁퉁이, 이슬이까지 나머지 세 명도 굴러 떨어졌다. 제일 마지막으로 떨어진 이슬이는 치마를 꼭 잡은 채 우아하게 모두의 위로 엉덩방아를 찧었다.

"아야야……." "무거워." 하고 소리치면서 몸을 일으키려 한다. 그러자…….

"다들 괜찮아?"

진구의 목소리가 들려와 모두 벌떡 일어났다.

"진구야!"

"진구!"

"노진구!"

"무사했구나!"

"걱정했잖아, 마음의 친구!"

모두가 젖은 눈으로 달려들려는, 그때, 진구 아닌 다른 사람의 목소리가 들렸다.

"다들 안녕."

앗! 하고 모두가 놀라는 동시에 목소리의 주인공을 돌아보았다.

루카가 서 있었다.

"루카, 네가 어떻게 여기에?"

"설명보다는 이러는 편이 더 빠르겠지?"

그렇게 말하며 루카가 모자를 벗었다. 지금까지 늘, 학교에서도 쓰고 있던 모자를.

그 모습에 모두가 숨을 삼켰다.

기다란 귀.

모자 안에 접혀 있던 기다란 귀 같은 것이 루카의 머리 위로 쏙 하고 나타난다. 마치 그것은.

"토, 토끼?!"

"너희에게 정체를 숨겨서 미안해."

살짝 미안한 듯 말하는 루카 쪽에서, "흐음." 하고 소리가 난 것은 그때였다. 루카의 옷소매에서 부스럭거리며 뭔가가 이동해 온다.

"여기에 손님이 온 건 처음이군요, 루카."

루카의 옷 속을 통해 옷깃 밖으로 쏘옥 하고 얼굴을 내민 것은.

"거북이?!"

커다란 등딱지를 짊어진 손바닥 정도 크기의 거북이가 두 다리로 루카의 어깨 위에 서 있었다. 어느샌가 그 목덜미에는 '이설 클럽 멤버스 배지'가 꼭 붙어 있었다. 루카가 처음 배지를 받았을 때 소맷자락으로 함께 손을 내밀어 도라에몽한테 받았던 것이다.

거북이가 말한다.

"처음 뵙겠습니다. 저는 달육지거북인 모조라고 합니다. 앞으로 잘 기억해주시기 바랍니다."

그 모습을 보면서 모두는 할 말을 잃었다. 너무 놀라서 말이 나오지 않는다. 이윽고 다 함께 말했다.

"달세계에는 토끼 말고 거북이도 있었어……!"

막간 interlude

_____

아직까지 기억하고 있는 것은 작별할 때의 순간이다.

태어나고 자란 별, 가구야 별을 떠날 때의 기억.

"가거라. 너희는 여기 있으면 안 돼."

아버지와 어머니.

적어도 이때까지, 루카는 두 사람을 그렇게 생각하고 있었다. 태어나서부터 줄곧 자신의 옆에 있었고, 앞으로도 늘 함께 있을 것이라고, 그렇게 믿어 의심치 않았다.

"싫어! 나도 남을래!"

안 좋은 예감이 들었다. 자신들이 여기에서 떠난 후, 아버지와 어머니는 어떻게 될까. 어린 나이였음에도 가슴이 술렁거리고 떨렸다.

무엇보다 루카는 가고 싶지 않았다. 이 별을 떠나고 싶지 않았다. 아버지와 어머니에게서, 떨어지고 싶지 않았다.

부모님이 서로의 얼굴을 마주 바라본다. 곤란한 듯, 아버지가 자신 쪽으로 걸어왔다.

"루카, 네가 알아줬으면 좋겠구나. 어쩔 수가 없어."

"싫어, 싫어, 싫어……!"

여기서 물러서면 안 된다. 울면서 고개를 젓는 루카를 아버지가 꼭 껴안았다. 그 손이, 어깨가, 목소리가 떨리고 있었다.

"미안하구나."

"싫어요, 아버지. 싫다고요!"

떨리는 아버지 어깨 너머로 또 하나, 자신을 감싸 안는 손이 있었다. 어머니의 손이었다.

"미안해." 하고 어머니가 사과한다.

"보통 아이들처럼 살게 해주고 싶었는데."

"엄마⋯⋯."

루카가 얼굴을 든 그때였다. 어머니가 의연하게 고개를 들었다. 입술을 꼭 깨물고 있는 것처럼 보였다. 그리고 천천히 루카의 뺨을 때렸다.

찰싹– 하는 소리가 주위에도, 루카의 가슴 속에도 울려 퍼졌다. 어머니가 이를 앙다물고 있다. 그리고 말했다.

"빨리 배에 올라타거라!"

뺨이 얼얼했다. 뺨이 뜨거워진다. 울면서, 다른 동료들이 기다리는 배 안으로 뛰어 들어갔다.

"루나⋯⋯."

등 뒤에서는 어머니가, 누나에게 뭔가 말하는 소리가 들려왔다. 누나가 그 말에 고개를 끄덕이는 것 같았다.

추격 중이던 병사들이 우르르 몰려온다. 저기 있다, 잡아라, 에스펄을 놓칠 셈이냐! 제길, 에텔을…….

에텔을 넘겨!

귀를 막고 싶어지는 그 목소리에, 아버지가 내뱉듯 말한다. "빨리 가!"

아버지가 이어서 뭐라고 말했다. 잘못 들은 게 아니라면, 이렇게 들렸다.

"아직 연구는 진행 중인데." 하고.

"에스파……들, 에게서…… 을…… 주고…….."

아버지가 뭔가 더 말하고 있었다. 하지만 그것이 들리지 않는다. 루카는 돌아가려 했다. 배에서 내려 아버지와 어머니가 있는 곳으로 가기 위해 달렸다.

하지만.

"모조! 배를 띄워! 우리는 상관 말고!"

아버지가 말했다. 모조가 필사적인 목소리로 "맡겨주세요!" 하고 외친다.

아직 안 돼……! 아버지, 어머니……!

우리는 당신들에게 안녕이라는 말조차 제대로 못했는데……!

제3장. 달세계의 아이들

달의 지하.

콜로니라는 이름의 장소에서 루나는 오늘도 요리를 하고 있었다.

이 시간, 다른 동료들은 모두 목장에서 가구야 야크나 가구야 염소를 돌보거나, 혹은 가구야 다람쥐의 꼬리털로 옷감을 짜고 있을 것이다.

동료들 모두가 먹을 분량의 스튜를 만들어 간을 보고 있던 참이었다.

"루나 누님!" 밖에서 안색이 변한 동료 중 한 사람, 베콜이 뛰어들었다.

"루카 형님이 돌아왔어요!"

그 소리를 듣고, 루나가 "뭐?!" 하며 방에서 뛰쳐나간다. 콜로니 입구로 서둘러 향한다.

며칠 전부터 일언반구도 없이 모습을 감추었던 동생, 루카.

동료들은 모두 '루카 형님이라면 틀림없이 괜찮을 거예요' '금방 돌아올 거예요' 하고 낙관적으로 말했지만, 위험한 일을 하고 있지나 않을까 싶어 루나가 얼마나 걱정했는지 모른다.

동생인 루카는 늘 지구에 가고 싶어 했다. 갈 만한 곳은 한 군데밖에 없을 것 같았다.

"루카!"

입구에서 루카는 이미 동료들에게 둘러싸여 있었다. "이상한 옷을 입고 있네!" "어디 갔었어?" 하고 천진난만하게 묻는 소리를 들으며, 태연하게 "어디 좀 다녀왔어." 하며 인사하고 있다.

그 모습을 보고, 역시나, 하고 생각했다.

본 적 없는 옷과 모자. 이 아이는 역시 지구에 갔던 것이 분명했다.

"생각이 있는 거야? 멋대로 사라져서 얼마나 걱정했는데."

"잠깐, 잠깐. 웬 엄살⋯⋯."

루나에게 닦달을 당하던 루카가 어색한 듯 그 모자로 얼굴을 가린다. 하지만 이내 표정이 바뀌어 즐거운 듯 이렇게 말했다.

"그보다, 지구에서 온 분들이야."

"앗⋯⋯! 무슨!"

루카의 등 뒤로 본 적 없는 사람들이 있었다. 오랫동안 만나지 못했지만, 그것은 루나가 아는 지구인들의 모습과 확실히 닮아 있었다. '연락도 없이 마음대로 데리고 오다니!' 하고 놀라며 경계하는데, 도라에몽 일행이 루나에게 인사했다.

"안녕하세요⋯⋯."

"잘 부탁해요⋯⋯."

자신들과 거의 비슷한 키, 그렇다면 지구의 아이들일 것이다. 아마도 나쁜 사람들은 아닌 것 같다. 이 장소에 당혹스러워하면서도 루카와 루나, 다른 에스펄을 보는 시선이 부드럽고 친근했다. 무엇보다 보통은 자기보다 경계심이 훨씬 강한 루카가 그들에게는 마음을 열어놓고 있는 것 같았다.

여기에 지구인을 데려온 것은 처음이다. 루나가 당황해하며 모두의 앞으로 나선다.

"아무튼, 먼 곳에서 잘 오셨습니다. 루카의 누나인 루나라고 합니다. 동생이 억지로 데려온 건 아니죠?"

"네, 그럴 리가요."

진구가 대답한다. 모두가 뒤를 이어, "난 도라에몽." "이슬이에요." "난 퉁퉁이!" 하고 각자 자기소개를 했다. 그런 가운데 비실이만 혼자 우물쭈물하고 있는 걸 퉁퉁이가 눈치챘다.

"왜 그래, 비실아."

"저 아이, 너무 귀여워서. 나 이러면 곤란한데."

거울을 꺼내 사삭− 하고 비실이가 어색한 몸짓으로 머리 매무새를 다듬는다.

"여기는 달의 마그마가 지나는 길. 용암 튜브를 개조해서 살 수 있도록 만든 곳이야. 우리는 콜로니라고 부르고 있어."

달의 지하, 루카 일행이 사는 마을은 정말 평화로워 보이는 곳이었다.

무빗들의 토끼 왕국보다 훨씬 작다. 중앙에 푸르스름하게 빛나는 과일이 달린 커다란 나무가 있고, 그 가지가 마치 공간 전체를 보호하듯 넓게 뻗쳐 있었다.

샘과 과수원, 밭. 놀랍게도 목장까지 있었는데, 거기에서는 처음 보는 생물들이 한가롭게 풀을 뜯어 먹고 있었다. 지구의 야크나 염소와 닮은 생물도 있다. 루카와 마찬가지로 머리에 기다란 귀를 가진 아이들이 젖을 짜거나 털에 빗질을 해주는 등 보살피고 있었다. 닭을 닮은 신비한 새와 꼬리가 커다란 다람쥐 같은 작은 동물의 모습도 있다.

물레방아를 이용해 물을 긷는 아이도 있고, 야크의 털을 짜서 옷 같은 걸 만드는 아이도 있다. 마치 아이들의 비밀기지 같다. 지구처럼 편리한 전기제품이 있는 건 아니어서 직접 손으로 작업하는 게 힘들어 보이기는 했지만, 보고 있자니 가슴이 떨린다.

설마 달에 이런 곳이 있었다니.

"너희는 달 인간이니?"

줄곧 마음에 걸렸던 것을 진구가 물었다. 그러자 의외로 루카가 고개를 저었다.

"음, 정확히는 아니야. 우리는 태양계에서 멀리 떨어진 가구야 별이라는 곳에서 태어난 종족이야."

"종족? ……그럼, 가구야 별 사람이야?" 가구야라는 말은 들어본 적이 있다. 두말할 것도 없이 옛날이야기, 가구야 공주 이야기의 가구야. 그것도 무슨 관계가 있나? 하고 생각하면서 물어보자 이번에도 루카가 고개를 저었다.

"그건 그런 게 아니라······."

"우리는 아버지와 어머니가 만드셨어요."

루카를 대신해 루나가 대답한다.

"아버지와 어머니?"

진구가 되묻자 루카의 어깨 위에서 모조가 일어섰다.

"에헴! 그건 제가 설명해 드리겠습니다."

모조가 공손히 인사를 한다.

"가구야 별 역사상 가장 우수한 천재 생물학자, 고다르 박사 부부를 말하는 것입니다. 루카 일행은 '에스펄'이라는 우주에 딱 열한 명뿐인 종족이죠!"

"에스펄?"

처음 듣는 말이었다.

루카가 "루나." 하고 누나를 불렀다. 이름을 불린 루나가 알았다는 듯 고개를 끄덕이며 근처 꽃밭 쪽으로 걸어간다.

루나가 눈을 감고 천천히 오른손을 펼쳤다. 달의 꽃들로 손을 뻗자 꽃들이 일제히 흔들리며 빛나기 시작했다. 꽃봉오리가 벌어지고, 시들어 고개를 숙이고 있던 꽃까지 줄기를 세우면서 빛나는 꽃가루를 멀리 퍼뜨려 간다. 빛을 받은 꽃은 너나 할 것 없이 몹시도 기쁜 듯했다.

"뭐야, 뭐야?"

"꽃이 춤추고 있어!"

루나가 꽃밭을 환하게 만드는 동안 이번에는 루카가 손을 펼쳤다. 그러자 온몸이 푸르스름한 빛으로 감싸였다. '대나무헬리콥터'도 없는데 루카가 허공으로 떠오른다.

"'에텔'이라는 거야."

루카가 말했다. 빛에 감싸인 채 허공에서 화려하게 공중제비를 한다.

"'에텔'은 우리 몸을 만든 에너지. 식물을 건강하게 만들거나 물체를 움직일 수 있어. 몸을 감싸면 우주복 역할도 할 수 있고."

"굉장해! 초능력이잖아!"

"시들었던 코스모스가 그때 다시 싱싱해졌던 건, 그럼……."

이슬의 물음에 루카가 미소를 짓는다.

"헤헤헤, 놀라게 해서 미안."

"저기, 그럼 혹시 달리기가 빨랐던 것도."

비실이의 질문에, 루카가 장난꾸러기 같은 표정으로 혀를 쏙 내밀었다.

"속여서 미안해. 에텔의 힘을 사용해 진구를 이겼어."

루카가 그렇게 말하자 옆에 있던 루나가 "뭐야!" 하며 소리쳤다.

"루카가 그런 짓을? 정말 동생이 잘못했네요."

"신경 쓰지 마세요. 에텔의 힘 없이도 진구 정도는 충분히 이길 수 있으니까."

비실이가 짓궂게 말하는 걸 듣고 진구가 "이게 정말!" 하며 발끈한
다. 도라에몽이 루카 일행에게 물었다.

"그런데 너희는 어떻게 지구 말을 할 수 있는 거지?"

"텔레파시로 판독하여 번역하는 거예요."

루나가 자신의 머리 부분을 손가락으로 가리키며 가르쳐주었다.
그 모습을 보면서 진구가 찬찬히 곱씹듯 말했다.

"에스펄……. 열한 명뿐인 종족."

루카의 동료이자 에텔의 힘을 가진 동료들이 아까부터 무거워 보
이는 물을 기르거나 풀밭에 떨어진 과일을 상자에 담아 나르는 등 열
심히 일하고 있었다. 약간 떨어진 곳에는 대장간도 있어서 뜨거운 금
속 덩어리를 두들겨 도구를 만드느라 바쁜 에스펄도 있었다.

"저기에서 야크를 보살피고 있는 게 모루, 맞은편 건물에서 옷감을
짜고 있는 게 루네와 누루."

모루와 루네, 누루, 호루루에 츠크루, 베콜, 루코, 에루. 루카가 다
른 동료들의 이름을 가르쳐주었다.

그 모습을 바라보다가 깨달았다.

모두 어린아이들이다. 갓난아기 정도의 아이도 있고, 이제 고작 두
세 살 정도의 아이도 있다. 루카와 루나는 초등학생 정도의 키였지만
그들이 제일 나이가 많아 보였다.

"모두 어린아이네?"

"에스펄은 어릴 때 육체의 성장이 멈춰. 어느 단계에서 성장이 멈추는지는 저마다 다르지만 어른은 없어."

"잠깐만. 그럼 루카 너희는 몇 살이야?"

진구가 무심코 그렇게 묻자 루카가 잠시 생각하는 시늉을 한다.

"가구야 별에서 10년 정도 있었으니까 대충 1,010살쯤 되려나."

"아아아아앗! 1,010살!!"

모두가 동시에 소리쳤다. 퉁퉁이가 어이없다는 듯 "슈퍼 할아버지잖아!" 하고 외쳤다.

"계속 살 수 있다니, 부럽다."

비실이가 그렇게 말하자 루카가 "그런가……." 하고 중얼거렸다. 그 얼굴이 왠지 좀 쓸쓸해 보였다. 그 어깨 위에서 모조가 득의양양하게 가슴을 편다.

"덧붙여 저는 2,000살. 거북이는 만 년을 사니까요."

"아버지와 어머니가 실험을 거듭하는 동안 우연히 태어난 게 우리야. 그래서 딱 열한 명뿐인 거고."

루카가 말했다. 콜로니의 천장을 바라보며, 그 너머의 우주를 그리워하듯이.

"처음에는 지구에서 살면 어떨까 싶어서 살펴보러 간 적도 있었는데, 지구에는 이미 문명이 들어서 있었기 때문에 달을 선택했어."

"천 년 전이라고 하면 일본은 헤이안 시대(794년 일본의 간무왕이 헤이안쿄로 천도한 때부터 가마쿠라 막부가 시작된 1185년까지의 일본 정권. 나라 시대 다음, 가마쿠라 시대 이전에 해당함–역주)였네."

루카의 설명을 듣고 도라에몽이 말했다. 비실이가 몸을 앞으로 내밀며 묻는다.

"그럼 혹시 가구야 공주 전설은……."

"아, 그건 저예요."

루카 옆에서 루나가 태연하게 손을 들었다. 그 말투가 너무나 경쾌해서 지구인 모두가 "아아앗!" 하며 경악했다. 루나가 미소를 지었다.

"공주라니, 영광이네요. 가구야 성에서 태양계로 처음 왔을 때, 지구 분들과도 만났어요."

"지구에 '가구야 공주' 전설이라는 게 있다는 걸 알았을 때는 놀랐어. 우리를 기억하고 있었구나 싶어서."

루카의 그 말에, 진구와 이슬이 감탄한 듯 서로의 얼굴을 마주 보았다.

"그 후 여러 가지 이야기가 덧붙거나 변해가면서 퍼진 건가……."

"가구야라는 이름은 그때 남았을 거야."

그런 두 사람을 바라보며 루나가 쿡– 하고 웃는다.

"실제로 지구의 남자들한테 친절한 선물을 많이 받았어요. 결국, 살 곳으로는 달을 선택했기 때문에 헤어지고 말았지만요."

가구야 공주는 천 년 전의 이야기. 그 무렵부터 지구와 달은 가깝고도 먼 존재였던 것이다.

루카 일행과 이야기하는 시간의 흐름이 새삼 너무도 흥미진진하여 가슴이 벅차올랐다.

콜로니 내부에는 놀랍게도 강물이 흐르는 곳까지 있었다. 그 강물을 이용하여 만든 수차 안에 다시 길이 이어져 있다.

"달 지하에 이런 공간이 있었다니⋯⋯."

도라에몽이 중얼거린다. 흐르는 강물 안에서는 물고기가 헤엄치고, 수초도 보였다. 이따금 수면이 반짝, 하고 빛났다.

"흙이나 물은 어떻게 된 거야?"

"흙은 지구에서 가져왔어. 식물이나 동물 중에도 지구에서 운반해 오거나 데려온 것도 있고. 천 년 동안 달의 환경에 맞춰 상당히 모습이 변해버렸을지도 모르겠지만."

지구의 닭이나 다람쥐와 비슷한 생물이 있었던 건 그래서였나. 루카가 말을 이었다.

"공기는 달의 얼음으로 만든 거야. 콜로니 입구에는 에텔의 막을 쳐놓아 공기가 콜로니 밖으로 나가지 못하도록 안에 모아두었지."

"얼음이라니?"

이슬이 묻자 "지금부터 안내할 거야." 하고 루카가 안쪽으로 걸어갔다.

에스펄들이 만든 수차 설비를 바라보며 도라에몽이 "흐음." 하고 생각에 잠긴다.

"왜?"

진구가 묻자 도라에몽이 생각에 잠긴 시늉을 하며 말했다.

"에텔의 힘이면 에스펄들은 좀 더 편리한 생활을 할 수 있었을 거야. 루카 일행이 달에 온 건 뭔가 다른 이유가 있을지도 모르겠다……."

루카 일행이 다음으로 진구와 친구들을 안내한 곳은 지하에서 더 깊이, 거대한 빙벽으로 덮여 있는 계곡 바닥이었다. 거기에 상당히 옛날 것인 듯한 오래된 로켓이 있었다. 로켓에는 에텔의 빛과 같은 색깔의 튜브가 끼워져 있었다. 끝부분이 열기를 띤 것처럼 빛나고 있다.

거대한 얼음벽을 앞에 두고 진구와 친구들의 입김이 하얘진다. 로켓의 표면에도 서리가 내려 있었다.

"이거, 가구야 별의 우주선이야?"

"응. 우리가 타고 온 배야. 여기에 실어 온 액체질소와 달의 영구그림자(혹성이나 위성 표면에 있어서 태양광이 전혀 닿지 않는 영역. 달이나 수성 양극에 있는 크레이터 내부 등에서 발견된다—역주)에 있는 얼음을 사용해 공기를 만들었어."

"그래서 진구의 배지가 떨어졌어도 괜찮았던 건가."

도라에몽이 감탄한 듯 고개를 끄덕였다.

그때였다.

꽤액- 하는 엄청난 소리가 공간을 뒤흔들었다. 콜로니 안이 격렬하게 흔들린다.

"뭐야?!"

"지진인가?!"

깜짝 놀라 주위를 둘러보자, 빙벽 위의 절벽 한 귀퉁이에서 어떤 그림자가 풀쩍, 하고 뛰어 지나갔다. 그 모습을 보고 루카가 "아루!" 하고 짧게 소리쳤다.

실제 나이가 몇 살인지는 모르겠지만, 아직 네댓 살 정도밖에 안 되어 보이는 작은 남자아이였다. 토끼 귀가 다른 에스펄과 달리 밑으로 처져 있다. 롭이어라는 축 처진 귀를 가진 토끼가 있는데 딱 그런 느낌이었다.

아루라고 불린 남자아이가 붙임성 있게 루카에게로 내려온다.

"돌아왔네, 루카 형!"

"안 된다고 했을 텐데, 이런 곳까지 멋대로 오면!"

"하지만 집에서 노래 부르면 루나 누나한테 혼난단 말이야."

볼을 씰룩이며 뾰로통해지는가 싶다가 아루가 진구 일행의 존재를 눈치챘다. 깜짝 놀란 표정으로 루카의 등 뒤로 숨는다. 겁먹은 듯이 묻는다.

"루카 형, 누구야?! 저 사람들…….."

"괜찮아. 지구 사람들이야. 우리 손님."

루카가 설명하기 전에 퉁퉁이 몸을 숙인 채 두 손을 부르르 힘주어 잡는다.

"저기, 저기!" 하며 갑자기 루카와 아루가 있는 곳으로 달려오더니 퉁퉁이 아루의 얼굴을 들여다본다.

"방금 소리 낸 거, 너니? 다시 한번 더 해볼래?"

"앗?!"

생각지도 못한 요청이었다. 아루가 불안한 듯 "괜찮아?" 하며 루카를 바라본다. 루카도 놀란 듯했지만 이내 괜찮다며 고개를 끄덕였다.

"조금 정도는 상관없어."

"그럼…….."

아루가 기쁜 듯이 크게 숨을 들이마신다. 그대로 단숨에 그 숨을 내뱉는다.

꽤애액- 하는 엄청난 소리가 다시 주위에 울려 퍼졌다. 모두가 일제히 귀를 막는다.

대체 저 작은 몸의 어디에서 저런 소리가 나오는지 모르겠다. 노랫소리가 꽤액꽤액꽤액~ 하고 계곡 바닥을 튕기듯 메아리칠 때마다 후두둑, 빙벽 조각이 부서져 떨어진다.

목소리가 그치고 귀를 막고 있던 루카가 쓴웃음을 지으며 말했다.

"아루의 능력은 좀 특수해……."

그 말을 듣고 비실이가 어이없다는 듯 말했다.

"이 능력이라면 지구에서도 사용할 수 있는 녀석이 있지."

그러자 퉁퉁이가 또다시 몸을 숙인다. 부르르, 등이 떨리고 있다. 빈정거림을 담은 비실이의 말투에 화가 난 건가. 그렇게 생각한 비실이가 "아니, 그게……." 하고 몸을 피하려던 그때.

"굉장해!!" 하는 퉁퉁이의 흥분된 목소리가 계곡 밑으로 울려 퍼졌다.

아루의 손을 잡고, 작은 몸을 순식간에 들어올린다.

"넌 천재야! 나와 같이 가수 데뷔하지 않을래?!"

"에에엣!"

모두가 경악하는 분위기였지만 퉁퉁이는 정말 기쁜 모양이었다. 하늘 높이 들린 아루도 자신의 능력을 칭찬 받은 적이 지금까지 거의 없었을지 모른다.

"헤헤헤. 그럴까?"

벌써 막역한 사이라도 된 것처럼, 웃으며 퉁퉁이를 같이 쳐다보았다.

콜로니 안의 루카네 집에 초대되어 차를 대접받게 되었다. "와, 향이 좋다.”

“달에서 피는 꽃으로 만든 차야.”

찻잔에 따른 차를 들여다보며 이슬과 루나가 서로 미소 짓는다. 테이블 위에는 치즈 쿠키와 과일 타르트(tarte, 얕은 원형 틀에 파이 반죽을 깔고 과일이나 크림을 채워서 구운 과자. 파이의 일종-역주) 등 맛있어 보이는 과자도 준비되어 있었다.

차를 마시며 진구는 문득 벽의 우묵한 곳에 장식된 스노글로브(Snowglobe. 투명한 공 모양의 유리 안에 축소 모형을 넣은 장식품-역주) 비슷한 것을 보았다. 손에 들고 별생각 없이 기울이자, 안에 들어 있던 눈 같은 가루가 반짝반짝 빛나며 떨어지고, 돔 안에 사람 모습이 떠올랐다.

어린아이는 아니었다. 어른이면서 남자와 여자. 얼굴에 좌우대칭의 특징적인 문양이 있고, 귀가 뾰족하다. 이마 위쪽에는 더듬이 같은 네 개의 작은 뿔이 있는 것 같다.

그걸 보고 짐작했다. 이 돔은 가구야 별의 사진 같은 것인지도 모른다.

“이 사람들이 너희 아버지와 어머니? 토끼 귀가 아니네.”

루카에게 물어보니, 루카가 머리 위의 기다란 토끼 귀를 가리켰다.

“이건 귀가 아니야. 에텔을 사용하기 위한 센서 같은 거라고나 할까.”

"호오……. 박사님들은 가구야 별 사람이었어? 확실히 루카 너희하고는 안 닮으셨네."

"응, 낳아주신 부모님은 아니지."

그 말을 듣고 움찔했다. 눈을 내리뜨고 그렇게 말하던 루카가 왠지 쓸쓸해 보였기 때문이다. 더는 묻지 않고 그저 "그렇구나."라고만 말하고 돔을 원래 자리로 돌려놓았다.

그러자 그때 생각났다는 듯이 비실이가 일어섰다.

"저기 말이야. 혹시 지난번 뉴스에서 본, 달 탐사기의 하얀 그림자가……."

"미안! 그건 아루가 달 바깥쪽으로 갔다가 탐사기에 들키는 바람에 어쩔 수 없이……. 나중에 꼭 고쳐놓을게요."

루나가 일어나 비실이를 향해 미안하다는 듯 고개를 숙였다. 퉁퉁이의 무릎 위에 앉아 있던 아루가, "하지만!" 하고 불만스럽게 말을 꺼냈다.

"그날은 거기에서 노래 연습을 하면 좋은 일이 있을 거라고 예언에 나왔어. 집에서 노래하면 혼나기도 하고……."

"예언?"

"아루는 저 노래 말고도 또 하나, 미래를 예언하는 힘이 있어."

루카가 설명한다. 퉁퉁이가 "정말이야?!" 하고 자신도 모르게 소리쳤다.

"그럼 이 몸의 미래를 예언해줘!"

"싫어!"

아루가 퉁퉁이의 말을 웃음으로 받아넘기며 무릎에서 뛰어내렸다. 버릇없이 책상 위로 점프한다. 루나가 어이없다는 듯 "아루!" 하고 꾸짖으며 설명해주었다.

"이 아이는 자신의 의지로는 예언할 수 없어요."

"어느 날 갑자기 팍− 하고 오거든."

아루가 천진난만한 목소리로 설명한다.

"호오~. 그런데 왜 루카는 진구네 학교로 전학 온 거야?"

"그러고보니……."

도라에몽이 물었고, 진구도 새삼 의문스러워 루카를 보았다. 루카가 약간 진지한 표정으로 변했다.

"지구의 과학이 발달해서 달의 뒤편도 관측하게 되었고, 슬슬 믿을 수 있는 지구인을 찾아 존재를 밝혀야 할 때가 왔다고 생각했어. 하지만 달에 누군가가 살고 있다는 걸 어른들이 과연 믿어줄까? 어린 아이라면 우리와 생각하는 게 비슷해서 믿어줄지도 모른다는 걸, 진구를 만나고 알게 됐지."

그 말을 듣고 비실이가 히죽히죽 웃는다.

"진구는 진심으로 달에 토끼가 있다는 걸 믿었으니까."

"실제로 있잖아!"

"도라에몽 도구의 힘이잖아!"

진구가 놀림당하는 옆에서 하지만 이슬이는 부드럽게 미소 지었다.

"나는 멋지다고 생각했어. 진구의 상상력이 이 만남으로 연결된 거야."

"이슬아……."

감동하는 진구를 보며 도라에몽도 미소를 지어 보였다.

"이슬이 말한 대로야. 갈릴레오가 지동설을 주장했을 때도 처음에는 이설이라고 누구도 믿지 않았어. 하지만 지금은 그게 정설이 되었지. 인간의 역사는 각 시대의 이설이 개척해온 거나 다름없어."

"하지만 지구의 이설은 너무 심합니다!"

소리친 것은 모조였다.

"거북이가 토끼보다 걸음이 느리다니, 제가 얼마나 빠른지 모르더군요!"

"몰라!"

퉁퉁이가 핀잔을 준다. 쓴웃음을 지으며 루카가 말을 이었다.

"학교나 선생님께는 미안하지만, 전학에 필요한 서류는 모조가 준비해줬어. 그리고 에텔의 힘을 조금 빌리기도 했고."

"지구의 언어는 단순하거든요. 저는 이래 봬도 상당히 우수한 슈퍼 거북이입니다."

"자기가 자기 자랑하지 마!"

또 퉁퉁이 핀잔을 주자 모두가 웃음 속에 푹 감싸 안겼다.

콜로니 밖으로 나오자 거기에는 토끼 왕국이 아닌, 그저 넓기만 한 진짜 달의 세계가 펼쳐져 있었다.

레골리스로 덮인 광대한 황야 저편에 지구의 모습이 희미하게 보인다. 높은 곳으로 올라가 진구와 도라에몽이 만든 토끼 왕국의 돔도 보았다.

"'스페이스 카트'!"

도라에몽이 소리 높여 외치고는 캡슐 같은 것을 던지자, 공중에 부품들이 넓게 퍼지고 마치 보이지 않는 손이 종이접기를 하듯 차가 조립되기 시작했다. 타이어 없이 공중을 날 수 있는 차는 몇 명 정도밖에 탈 수 없는 작은 카트였다.

도라에몽이 제안했다.

"자주 올 수 없는 달세계야. 세 팀으로 나누어 달 레이스를 하자!"

"좋아!"

"좋지!"

"멋져!"

"와아!"

모두가 저마다 기뻐하며 카트에 나눠 탄다. 진구와 루카, 퉁퉁이와 비실이와 아루. 이슬이와 도라에몽, 그리고 루나가 각각 세 대의 카트에 탔다.

"달은 정말 넓어서 거리감을 느끼기 힘드니까 다들 조심해."

"알았어."

"빨리 가자!"

도라에몽이 주의를 줬지만, 퉁퉁이와 비실이는 기다리기 힘든 모양이었다.

출발 지점에 모조가 섰다.

"위치로……. 준비, 땅!"

출발을 알리는 깃발이 올라가자 모두 일제히 레이스에 뛰어든다.

레골리스를 일으키며 출발한 '스페이스 카트'를 배웅한 후 모조가 "휴우." 하고 중얼거렸다.

"저 머신 정도면 나와 누가 더 빠른지 좋은 승부가 될지도 모르겠는걸."

그때. 땡땡땡- 하는 작은 소리가 다가왔다.

아무도 없어야 정상인데, 하며 소리 나는 방향으로 모조가 고개를 돌린 순간, 차가 돌진해 왔다. 도라에몽의 '스페이스 카트'와 비슷한 차였다. 운전석에 있는 건 그 진구를 닮은 노빗이었다. 후진 자세로,

뒤를 향해 돌진해 온다.

반응이 약간 늦어 모조가 그대로 차에 부딪혀 튕겨 나간다.

"히익!"

재빨리 등딱지 속으로 숨으며 몸을 둥글게 만다. 마치 구슬처럼 달의 암석들에 이리저리 부딪히다가 부드러운 레골리스 바닥에 푹 하고 파묻혔다.

노빗이 뒤에 충격을 느끼고는 "비?" 하며 주위를 둘러보았다.

"노비~?"

그러자 엄청난 속도로 등딱지에서 나온 모조가 돌아왔다. 레골리스 기둥을 만들어내며, "노비라고 할 때가 아닙니다!" 하고 항의했다.

"저의 등딱지가 우주에서 제일 딱딱하지 않았더라면 크게 다칠 뻔했습니다!"

보닛에 올라타 등딱지를 보여주면서 파르르 화를 내는 모조에게 노빗이 "노비비." 하고 손을 맞잡고 사과한다.

순순히 사과하자 모조의 화도 어느 정도 가라앉은 모양이었다. 다소 냉정을 되찾고는 "흐음." 하고 노빗의 차를 관찰한다.

"그건 당신 머신입니까?"

"노비비."

"좀 구식인 것 같긴 한데, 상당히 잘 만들었네요. 좋아요, 제가 운전해드리죠! 이래 봬도 우주선 면허도 있으니까."

그렇게 말하며 노빗을 조수석으로 옮겨 타게 하고 운전석에 앉는다.

모조가 "출발!" 하고 기운차게 기어를 작동한 순간 뿌뿌! 하고 기적이 울렸다.

그 순간 웬일인지 차의 뒷부분이 들렸다. 맹렬한 스피드로 운전석과는 반대 방향, 즉 뒤쪽으로 차가 발진한다.

땡땡땡- 하고 벨소리를 내며 달리는 차 안에서 모조는 패닉 상태에 빠졌다.

"왜 뒤로 가는 겁니까? 이거, 반대로 가는 차군요!!"

바위에 부딪히고, 또 부딪히고, 또 또 부딪히며.

"히이이이익, 거북이 살려!"

비명을 지르는 모조와 노빗을 태운 거꾸로차가 뒤로 지그재그를 그리며 달려간다.

달세계를 루카와 진구가 탄 카트가 달려간다.

나머지 두 대는 벌써 한참 앞으로 나아가 진구가 탄 카트가 제일 마지막이었다.

"뭐야, 왜 우리 카트만 늦는 거지!"

상태가 안 좋은 카트를 골랐던 건지도 모른다. 재수가 없다고 생각했지만, 진구는 평소에도 이런 일이 잦다.

문득 조수석의 루카가 중얼거렸다.

"아, 왠지 즐겁네!"

"어?"

우리가 꼴찌인데? 하며 바라보자 루카는 웃으며 창밖으로 흘러가는 달의 경치를 바라보고 있었다.

"사실은 늘 지구에 가고 싶었어. 다들 위험하다고 반대했지만 늘 여기서 지구를 보아왔거든."

그 옆모습을 바라보며 진구는 아차 싶었다. 루카가 매사에 빈틈이 없는 누나 루나에게도 말하지 않고, 지구에 무턱대고 온 것 같다는 사실. 말했으면 반대했을 테지만 그래도 가고 싶다고 생각해서 루카는 지구에 온 것이다. 그것은 어지간한 결심이 아니면 불가능한 일임에 틀림없다.

그런 생각이 들어 진구의 입에서도 자연스럽게 중얼거림이 새어나왔다.

"루카는 분명 친구가 필요했던 거야."

그렇게 말한 순간 루카가 "어?" 하며 고개를 들었다. 어리둥절한 표정으로 진구를 본다.

"친구? 친구라는 게 뭔데?"

놀란 것은 진구 쪽이었다.

"어? 친구를 몰라? 에스펄 모두가 있는데도?"

"응."

딱 열한 명뿐인, 늘 함께 있는 에스펄들은 분명 너무 가깝게 지내서 서로의 존재에 대해 깊이 생각해본 적이 없었을지도 모른다. 진구가 설명해주었다.

"친구는 동료야. 우정으로 연결된 동료."

자신의 '친구'에 대해 생각하면서 진구가 말을 이었다. 머리 위로는 아름다운 밤하늘이 펼쳐져 있었다.

"친구가 슬플 때는 나도 슬프고, 기쁠 때는 같이 기뻐. 그냥 친구라는 이유만으로 도와주게 되고."

"친구……."

진구의 말을 듣고 루카는 잠시 생각에 잠겼다.

조금 있다가 갑자기 딩동댕— 하는 알람 소리가 났다.

운전석 패널에 배터리 교환 표시가 떠 있다. 카트의 속도가 줄어들며 급속히 균형을 잃는다. 날아갈 힘을 잃고 지상으로 떨어지다가 멈추었다.

"배터리를 교환해주십시오."

기계적인 목소리의 지시에, 진구는 "아, 정말!" 하고 신음했다. 아마도 자신들의 카트만 늦다고 생각했던 것은 기분 탓만은 아닌 듯했다.

"정말 도라에몽의 도구는 늘 이 모양이라니까."

카트에서 내려 뒤쪽 트렁크를 열었다. 안에 도구상자가 보인다. 진구가 투덜거리며 그것을 꺼내 필요한 도구를 찾기 시작했다.

"고칠 수 있겠어?"

"배터리 교환 정도는 나도 할 수 있어."

좀 더 복잡한 수리라면 힘들겠지만, 다행히 교환용 배터리는 금방 찾았다. 스패너를 한 손에 들고 카트 밑으로 기어서 들어갔다.

"어라⋯⋯. 여기인가? 좀 열려라."

그 목소리에 루카가 불을 밝힌다. 에텔로 전깃불을 만들어내는 일 정도는 아주 쉽다.

"그러면 내가⋯⋯."

루카가 손가락 끝에 빛을 몰아넣는 그때, 갑자기 밑에서 목소리가 들려왔다.

"루카는⋯⋯."

"어?"

"아버지와 어머니, 기억나?"

진구가 스패너로 볼트를 푸는 소리가 들렸다. 그 소리와 진구의 목소리를 듣고 루카는 천천히 손을 내렸다. 에텔의 빛을 손가락 끝에서 지운다.

카트에 몸을 기대어 "음, 글쎄." 하며 애매하게 대답했다.

"우리가 가구야 별을 떠난 지 천 년이나 지났고⋯⋯ 그쪽도 금방 잊지 않았을까."

루카가 말한 그때였다. 잠깐의 틈도 주지 않고 진구가 소리쳤다.

"그렇지 않아!"

"앗!"

예상치 못한 강경한 투의 목소리였다. 진구가 말을 잇는다.

"친부모님이 아니라도, 아버지와 어머니잖아? 틀림없이 루카와 다른 애들을 늘 생각하실 거야. 잊지 않으셨을 거야."

진구가 작업하는 손에도, 말에도 힘이 실려 있었다.

그것은…… 루카의 집에서 스노글로브를 보았을 때부터, 사실은 진구가 줄곧 말하고 싶었던 것이었다. 그때의 루카가 너무도 쓸쓸해 보였기 때문이다.

진구는 한숨을 내쉬었다.

"우리 집도 엄마가, 방에만 있는데도 뭐하냐, 숙제는 했냐, 엄청 신경 쓰셔. 숨이 막힐 정도로. 부모라는 건 늘 자식을 생각하는 법이야."

"진구의 엄마……."

진구의 말에 루카는 그렇게 중얼거리고는 잠시 침묵했다.

진구의 방에 처음 몰래 들어갔을 때 진구의 어머니와 맞닥뜨릴 뻔했던 게 떠오른다. 간식을 준비해놓고 진구가 오기를 기다리던 어머니. '다녀왔다는 말도 안 하고' 하면서 밑으로 내려갔다.

루카의 가슴속에 따뜻한 기운이 퍼져간다.

"어라, 이상하네⋯⋯."

루카가 몸을 숙여 카트 밑으로 들어간다. 진구 옆에서 손을 뻗어 함께 덜컥− 하고 끼워 넣었다.

그 순간 운전석의 배터리 표시가 가득 채워졌다는 신호를 보낸다. 깜박깜박 하고 표시가 점멸되더니 카트가 다시 훌쩍 떠올랐다.

"와!"

"됐다!"

둘은 기뻐하며 상대방의 얼굴을 쳐다보았다. 작업할 때는 몰랐지만, 진구와 루카의 얼굴은 기름과 먼지로 지저분해진 상태였다.

"얼굴이⋯⋯."

"지저분해⋯⋯."

거의 동시에 그렇게 말했다가, 다음 순간 왠지 이상해져서 두 사람은 웃음을 터뜨렸다.

정말, 정말 즐거웠다. 뱃속 깊은 곳에서, 한없이 계속될 것 같은 웃음이 기분 좋게 솟아났다.

루카에게는 이렇게 웃는 것도, 즐거운 것도 정말 오랜만이었다.

"진구, 그 얼굴!"

"루카 너도!"

즐거워하는 두 사람의 웃음소리가 달에 울려 퍼졌다.

레이스의 선두는 퉁퉁이와 비실이, 아루 세 사람을 태운 '스페이스 카트'였다.

되돌아갈 지점으로 설정해놓은 표시의 바위를 카트가 속도를 내며 돌아든다. 주변에 아무렇게나 솟아 있는 바위기둥 사이를 누비며, 서커스하듯 질주한다.

"게임처럼 재미있어~!"

운전석에서 조종간을 잡은 것은 비실이였다. 평소의 무선 조종 실력을 살려 아까부터 순조로운 운전을 계속하고 있었다. 그것을 보고 뒷좌석의 퉁퉁이가 일어섰다.

"야, 비실아. 운전 교대하자."

"퉁퉁이 너는 못해."

"뭐! 잔말 말고 교대해!"

운전 중인데 멱살을 잡아 비실이가 "꺄악!" 하고 소리쳤다. 카트는 그 일대에서도 가장 통로가 좁은 위험한 장소를 지나고 있었다. 운전자를 잃은 카트가 크게 기우뚱거리며 바위기둥 사이를 아슬아슬하게 통과했다.

"위험하잖아!"

이리저리 흔들리는 카트 끝에서 아루가 무서워하며 간신히 매달려 있다. 다음 순간, 아루가 뭔가를 눈치챘다.

"앞! 앞!" 하고 날카로운 목소리로 외쳤다.

"앗?"

퉁퉁이와 비실이가 깨닫고 앞쪽을 바라보다가……

"끄아아아아아!"

커다란 바위기둥이 바로 앞으로 다가와 있었다. 두 사람은 서로를 껴안으며 펄쩍 뛰었고, 아루는 무서워서 눈을 감았다.

눈을 감고, 그리고…… 그 눈을, 있는 힘껏 떴다. 팟– 하고 크게 벌어진 눈에 힘이 담기고, 온몸이 빛을 띤다. 그것은 순간적으로 벌어진 일이었다. 아루가 크게 입을 벌리고 최대한의 목소리로 부르짖었다.

"꽤애애애애애애액!!"

바위산의 한 모퉁이가 흔들린다.

아루의 목소리에 흔들거리던 거대한 바위기둥이 내부부터 커다란 소리를 내며 붕괴하기 시작한다.

"뭐야?"

도라에몽과 이슬, 루나가 탄 카트가 급정지했다.

퉁퉁이와 비실이, 아루가 부딪힐 뻔했던 그 그 바위 기둥에서 발생한 충격과 소리는 멀리 떨어진 도라에몽네 카트까지 와 닿았다.

방금 그 엄청난 충격과 폭발음은 도대체 뭐지?

그 순간 루나의 토끼 귀 센서가 움찔- 하고 크게 반응했다.

"아루!"

루나가 창백한 표정으로 외치며 일어섰다. 운전석 지붕을 열고 다 함께 앞을 바라보았다.

진구와 루카가 탄 카트에도 폭발 소리는 들렸다. 그 소리와 함께 루카의 기다란 토끼 귀 센서도 역시 루나와 마찬가지로 움찔- 하고 반응한다.

루카가 재빨리 몸을 일으켰다. 그 얼굴이 새파랗게 질려 있었다. 동료의 이름을 부른다.

"아루!"

태양계와 멀리 떨어진 장소.

너른 우주의 바다를 비행하는 우주선의 조종석에 갑자기 요란한 사이렌이 울려 퍼졌다.

삐삐삐삐!

지금까지 들어본 적 없는 경보음에 우주선의 책임자인 대장이 서둘러 조종석까지 뛰어 들어왔다.

특징적인 빨간 투구와 마스크, 가구야 별의 고더트 대장이었다.

"무슨 일이야!"

"대장님, 그게…….."

부하들도 모두 허둥대고 있었다. 조종석 중앙에 설치된 장치의 모니터 안에서 모래 입자 같은 화면이 흔들리고 있다. 그것을 보고 고더트의 안색이 변한 것을 마스크 위로도 알 수 있었다.

"설마…….."

디아볼로에게 받은 에텔 레이더는 천 년 전에 가구야 별에서 사라진 전설의 생물, 에스펄이 발생하는 에너지를 탐지하기 위해 개발된 것이었다. 가구야 별이 살아남기 위해 꼭 필요하다는 에너지, 에텔에 반응하도록 만들어졌다.

레이더의 한복판, 모니터가 지금까지 한 번도 본 적 없는 엄청난 반응을 보이고 있었다. 화면 속 입자가 흩어지는가 싶다가 순간 어느 지점을 가리키듯 뭉쳐간다.

"태양계 제3혹성의 위성에서 강한 반응이 있습니다! 어쩌면 에스펄이지 않을까 싶습니다!"

조종 장치의 키보드를 두드리던 부하 중 한 명인 타라바가 긴박한 표정으로 고더트에게 보고한다. 그 목소리에 주위 병사들이 웅성거렸다.

"에스펄은 미신 아니었나?"

"그래……. 나도 거짓이라고 생각했었어."

"그냥 평범한 인간일 거고……."

"에텔이라는 게 진짜 있다는 말이야?"

웅성거리는 부하들을 제지하듯 고더트가 소리쳤다.

"모두, 지금 즉시 순간이동을 준비해라!"

"네!"

부하들이 서둘러 제 위치에 서는 모습을 확인하면서 고더트가 가슴에 손을 올린다. 심장박동이 빠르다. 흥분해 있었다. 작은 목소리로 중얼거린다.

"마침내, 이때가……."

무너져 내리는 바위 아래, 카트 안에서 퉁퉁이와 비실이가 몸을 일으켰다.

잘게 부서진 바위가 비처럼 우수수 떨어졌지만, 충돌은 피할 수 있었다. "아야야야야." "으으으." 하고 희미하게 신음하면서 모두 무사한지 확인한다.

"살아 있는 거지?"

"위험했어. 아루, 괜찮니?"

자신들의 난폭한 운전 때문에 찾아온 위기를 간발의 차이로 구해 준 게 어쩌면 이 작은 아루의 힘이었으리라는 건 퉁퉁이와 비실이도 알았다. 고맙다는 말을 하려고 얼굴을 보다가, 그제야 비로소 퉁퉁이는 아루가 떨고 있음을 깨달았다.

기다란 토끼 귀를 누르고 뭔가에 겁먹은 듯, 덜덜 떨고 있었다. 아루의 얼굴은 무척 창백했다.

"어떡하지……. 강한 힘은 안 되는데……."

"왜?"

퉁퉁이와 비실이가 서로의 얼굴을 마주 보는데, 갑자기 모두의 목소리가 들려왔다.

"아루!" 하고 부른 목소리는 루카의 것이었다. 아루가 고개를 들며 카트에서 뛰쳐나간다.

"루카 형! 루나 누나!"

두 사람이 아루에게 달려온다. 아루의 얼굴은 금방이라도 울음을 터뜨릴 것 같았다.

"미안해, 나……."

"야, 아루는 잘못한 거 없어."

"그래. 우리를 구해줬어. 운전한 건 우리야!"

퉁퉁이와 비실이가 그렇게 말하자 루카와 루나가 두 사람을 보았다. 안타깝다는 듯 고개를 젓는다.

"아니. 그게 아니라 아루가 강한 힘을 사용한 게 문제야."

루카의 눈이 허공을, 마치 노려보듯 바라본다. 중얼거린다.

"지금까지 계속 숨어 지냈는데……."

심상치 않은 그 모습에 도라에몽과 진구가 물었다.

"루카, 너희는 대체……."

"혹시 누군가로부터 도망치고 있어?"

콜로니에 있는 동안에도 줄곧 의문스러웠다. 가구야 별에 있어야 할 루카 일행이 왜, 지금 달에서 살고 있는가. 에텔의 힘을 사용하면 좀 더 편리하게 생활할 수 있는데 그렇게 하지 않는 것은 왜인가.

루카가 진구 일행을 바라본다. 꾹 주먹을 쥐며 마침내 내뱉듯이 한마디 한다.

"가구야 별 사람……."

쥐어 짜내는 듯한 목소리였다. 그 목소리에 진구 일행 모두가 숨을 삼킨다. 루카가 설명해주었다.

"천 년 전, 가구야 별의 군부가 우리 힘을 이용한 강력한 파괴 무기를 개발했어. 아버지와 어머니는 그게 싫어서 우리를 가구야 별에서 탈출시켰고."

"가구야 별에는 우리 에텔을 탐지할 수 있는 기계가 있어요. 작은 힘 정도는 상관없지만 큰 힘을 사용하면 우리가 어디 있는지 들킬지도 몰라서……."

"그래서 달에서도 불편한 생활을 할 수밖에 없었던 건가……."

루나의 설명에 도라에몽이 고개를 끄덕였다. "하지만." 하고 퉁퉁이가 몸을 앞으로 내밀었다.

"하지만 그건 벌써 천 년 전의 일이잖아? 아무리 가구야 별 사람들이 끈질기다 하더라도 이제 더는……."

"……'달'이 사라졌어."

루카의 그 말에, 모두가 "앗?" 하며 할 말을 잃었다. 하늘을 노려보며 루카가 말을 이었다.

"천 년 전, 우리 힘을 전쟁에 이용하려던 가구야 별의 군부가 에텔을 사용해 파괴 무기를 만들었어. 별 전체에 그 힘을 보여주기 위해 가구야 별의 위성을 날려버리려고 했지."

"무슨 짓을……."

"위성이 완전히 소멸되지는 않았지만 그 일부가 사라지고 말았어."

"그런……."

도라에몽이 믿을 수 없다는 표정으로 멍하니 말한다.

"지구로 보자면 달을 파괴한 거나 마찬가지죠! 그런 짓을 하면 서로 간에 끌어당기는 힘의 균형이 무너져서 가구야 별도 무사하지 못한데도!"

"응……. '달'의 파편이 날아가 가구야 별에 쏟아져 내려 쓰나미와 분화가 계속해서 일어났어. 하늘은 먼지로 뒤덮였고, 가구야 별은 빛이 없는 밤의 세계가 돼버렸지."

"아버지와 어머니는 힘이 더 악용되는 것을 막기 위해 우리 모두를 우주선에 태워 탈출시킨 거예요."

루나가 말했다. 그때가 떠올랐는지 루카는 입술을 꽉 깨문 채 아무 말도 하지 않았다.

루나도 역시, 그때를 생각했다.

가기 싫어, 하고 울면서 뻗대는 동생을 아버지가 끌어안고, 어머니가 끌어안고, 그리고 그 뺨을 찰싹 때렸다. "빨리 배에 타거라!" 하는 명령에 동생이, 우앙― 하고 울면서 우주선 안으로 달려갔다.

남겨진 루나는 그때 잠든 아루를 안고 있었다. 그 루나에게 눈높이 위치까지 무릎을 꿇으며 아버지가 말했다.

"모두를 부탁한다."

그때 품 안에 있던 아루가 번쩍 눈을 떴다. 희미한 빛을 띠면서 그 때, 아루가 한 가지 예언을 했다.

―일천의 시간을 지나 친구와 함께⋯⋯일천의⋯⋯.

예언 도중에 가구야 별 병사들이 몰려왔다. "있다." "잡아라." 하는 난폭한 고함을 들으며 아버지와 어머니가 말했다. "빨리 가!"

차마 뒤는 돌아보지도 못하고 루나는 달렸다. 아버지와 어머니가 무장한 병사들에게 붙잡혔다. 붙잡힌 아버지와 어머니의 목소리를 들으며 가슴이 찢기는 듯해 눈물이 나왔다.

아버지의 목소리, 어머니의 온기. 그것들을 떨쳐버린 채 루나는 아루를 안고 쫓기듯 가구야 별을 떠나왔다.

가구야 별에서 정말 추격자가 올지 어떨지는 알 수 없었다.

그러나 안 좋은 예감이 들었다. 모두 다시 카트에 나눠 타고 서둘러 콜로니로 돌아갔다. 루카가 설명한다.

"가구야 별은 우리가 있을 때보다 더 살기 힘든 환경이 됐을 거야. 그걸 해결하기 위해 지금도 계속 우리를 찾고 있을지 몰라."

"자기들 멋대로 별을 파괴해놓고, 너무한 거 아냐?"

슬픔과 분노가 뒤섞인 목소리로 이슬이 외쳤다. 다른 카트를 운전하는 비실이의 얼굴은 진심으로 불안해 보였다.

"나쁜 놈들이 쫓아온다는 거야? 그런 말은 못 들었잖아!"

"바보야, 천 년도 더 지난 이야기잖아. 어떻게 지금도 쫓고 있을 거라고 단정할 수 있어!"

비실이 옆에서 퉁퉁이가 말한다. 진구의 카트 조수석에서 루카가 미안한 듯 고개를 숙이고 있었다.

"모두에게 걱정 끼치고 싶지 않았어. 아무튼 한시라도 빨리 콜로니로 돌아가야만 해⋯⋯."

그때였다.

기잉– 하고 하늘 전체를 뒤흔드는 듯한 이상한 소리가 달을 감쌌다. 지금까지 경험해본 적 없는 긴박감 넘치는 소리와 진동이었다.

달의 상공에 하늘을 녹여버릴 듯한 원형 모양의 고리가 열린다. 천천히 그 빛의 막이 흔들린다. 제일 먼저 나타난 것은 붉은 배의 끝부분.

전기가 폭발하듯 파지짓– 하는 소리를 내며 거대한 우주선이 하늘에 출현한다.

순간이동 해 온 가구야 별의 에스펄 수색선이었다.

"미안해⋯⋯."

하늘을 올려다보며, 입술을 앙다문 루카가 분한 듯 중얼거린다. 갑자기 나타난 불온하기 짝이 없는 배의 모습을 노려본다.

"천 년이 지났는데도 포기하지 않은 것 같아."

달 상공에 나타난 수색선 안에서 창밖의 광경을 보고 고더트는 숨을 삼키고 있었다. 너무나 아름다운 그 모습에 순간 말문이 막힐 정도였다.

달을 사이에 두고 그 안쪽에 파랗게 빛나는 별이 보였기 때문이다.

"아름답다……. 뭐지, 저 별은?"

창밖을 잠시 쳐다보았다. 초록과 물, 풍부한 빛의 은혜를 받은 대지. 그 모습은 마치……

"옛날 가구야 별을 보는 것 같아……."

고더트가 태어난 먼 옛날의 고향. 자료로 남은 영상과 화면으로만 보았던 풍요로웠던 별은 이제 다 잊어버렸다.

가구야 별에서 멀리 떨어진 이곳에 이런 아름다운 별이 있을 줄은 생각도 못했다. 이미 문명은 건설돼 있을까. 저 별에 사는 건 대체 어떤 자들일까.

"고더트 님!"

마찬가지로 그 파란 별의 모습을 바라보던 부하 타라바가 고더트 앞으로 걸어왔다.

"자원과 빛의 보고 아닙니까! 이 별에 대해 빨리 디아볼로 님께 보고하죠!"

"……아니, 기다려. 에스펄을 잡는 게 먼저다."

"하지만!"

"무엇을 위해 왔는지 그걸 생각해! 서둘러라."

고더트의 명령에 타라바가 불만스러운 듯 입술을 삐죽인다. 마지못해 "네." 하며 고개를 숙인다.

"대장님, 에텔의 반응은 저 위성에서 나오고 있는 듯합니다."

모니터를 들여다보던 다른 부하가 말한다. 달의 지표면을 확대하여 모니터에 비추자 선내의 부하들이 일제히 "와아아아!" 하며 함성을 지른다.

에스펄의 모습이 화면에 크게 확대되었다. 이쪽을 노려보는 루카의 얼굴이.

"하얗고 긴 귀! 전설과 똑같군."

"하지만 아직 어린아이잖아."

"겉모습에 현혹되지 마!"

어린아이의 모습에 당황해하는 부하 크라브와 캔서에게 고더트의 목소리가 날아든다.

"겉모습만 어린아이일 뿐, 속은 천 년 이상을 살았다. 봐주지 마라."

엄격한 목소리에 이어 곧바로 고더트가 불쑥 중얼거린다.

"그 '어린아이'에게 의지할 수밖에 없는 게 우리의 현실이지만."

자조적인 그 목소리를 부하들은 아무도 듣지 못했다. 고더트가 모니터 한복판에 서 있는 루카를 바라본다. 그리고 다시 중얼거렸다.

"드디어 만나는군……."

일어서며 힘껏 주먹을 쥔다.

"전원 전투 준비! 착륙하자마자 바로 에스펄을 생포하라!"

"네!"

"각자 에텔 대책을 잊지 말고!"

총을 들고 착륙 준비를 하는 부하들 모두에게 그렇게 말했다.

"어서, 콜로니 안으로!"

머리 위로 다가온 우주선을 피해 도망치며 루카가 외쳤다.

가구야 별에서 순간이동 한 충격으로 하늘이 떨리듯 움직였으니, 다른 에스펄들도 엄청난 사태가 벌어졌다는 것을 눈치챘을 것이다. 콜로니에 남은 동료들이 마음에 걸렸다.

그때.

"루카 형!" "루나 누나!" 하고 저편에서 목소리가 들려왔다. 계곡 쪽에서 동료 에스펄들이 다가온다. 상황이 심상치 않다는 것을 알아채고 무서워서 나왔던 것이다.

"무슨 일 있어?"

"무서워~."

일행 쪽으로 달려오는 그 모습을 보고 루카와 루나는 고개를 가로저었다.

"위험해!"

"오면 안 돼!"

하늘에서 진동이 접근해 온다.

수색선이 달의 지표면 위를 핥듯이 날며, 루카 일행을 쫓아온다. 그대로 달 표면에 쿠웅— 하고 육중한 소리를 내며 착륙한다. 에스펄들 모두가 모이기를 기다리기라도 한 것처럼, 최악의 타이밍이었다.

트랩이 열리고 병사들이 나왔다. 대장의 것인 듯한 목소리가 들린다.

"실탄은 쓰지 마! 생포해야 해! 충격빔을 사용해라!"

"그렇게는 안 된다!"

생포라는 무시무시한 말에 루카가 팔을 들어 에텔을 해방한다. 푸르스름한 그 빛을 보고 병사 중 한 명인 크라브가 "위험해!" 하고 소리쳤다. 루카를 향해 총을 발사한다.

날아온 두 줄기 빔을 루카가 에텔의 힘으로 받아친다. 루카의 두 손에서 방출된 에텔의 힘이 그대로 곧장 병사들을 향해 간다.

"크악!"

총을 발사했던 크라브와 캔서가 파란빛에 사로잡혔다. 루카가 팔을 크게 휘두르자 두 사람의 몸이 공중으로 들린다.

"히이익!"

두 사람이 땅바닥으로 곤두박질친다. 그 얼굴이 여전히 반신반의, 믿을 수 없다는 듯 루카와 루나의 모습을 망연자실 바라보고 있다.

"설마 에스펄이……."

"정말 있었다니……."

동생과 마찬가지로 이번에는 루나의 몸이 에텔로 빛났다. 공중으로 떠올라 얼굴 바로 앞에서 두 팔을 교차시킨다.

"위다!"

"조준해!"

자신에게 총을 겨눈 병사들을 향해 루나의 손에서 에텔 빔이 날아갔다. 그 빔이 병사를 포박하더니 그대로 날려버린다.

"엄청나다!"

"이게 에텔!"

도라에몽과 진구가 중얼거렸다. 지금까지 루카 일행이 지구와 달에서 사용했던 힘은 극히 일부였던 것이다. 아무 거리낌 없이 자유롭게 펼치면 이렇게 대단한 힘이란 말인가.

이 정도면 도망칠 수 있다! 기대에 찬 얼굴로 서로를 바라보던 그때.

가구야 별의 우주선 쪽에서 다른 병사와는 완전히 딴판인, 이상한 박력을 지닌 인물이 다가왔다.

붉은 갑옷에 투구와 마스크를 쓴 인물은 병사들을 거느리고 걸어온다. 대장 고더트가 쓰러진 병사를 힐끗 쳐다보며 날카롭게 말했다.

"에텔 대책을 잊지 말라고 했을 텐데! 에텔 뮤터를 작동시켜!"

고더트 뒤에 선 병사들이 커다란 기계를 들고 있다.

명령대로 하자 그 기계의 끝이 부릉- 하고 떨리는 소리를 냈다. 네 개의 팔에서 기묘한 빛이 발사된다. 팔이 회전을 시작한다. "발사!"

고더트가 명령하자 중앙의 회전하던 팔에서 뭔가가 생겨났다. 그것은 마치 생물 같았으며, 모래로 만든 용처럼 보였다. 그 용이 마치 정말 살아 있기라도 한 것처럼 하늘 높이 솟구친다.

날아오른 용이 공중에서 갈라졌다.

무시무시한 포효 같은 소리가 울려 퍼진다.

다음 순간, 쏴아— 하는 소리와 함께 잿빛의 비가 쏟아졌다.

"뭐야?"

"모래 비?"

아름다웠던 밤하늘이, 혼탁한 색으로 순식간에 뒤덮인다.

도라에몽과 친구들이 모두 비로 인해 바닥에 엎드렸다. 하지만 그 이상으로 고통스러운 목소리가 들려왔다.

"으으으……."

"괴로워!"

"아파……."

에스펄들이었다. 모두 토끼 귀 센서에 손을 대고 괴로워하며, 몸부림쳤다.

"루나!"

무릎부터 무너져 내린 루나에게 비실이와 이슬이가 달려갔다.

"괜찮아? 아루?!"

쓰러진 아루를 퉁퉁이가 걱정스러운 듯 떠받친다.

루카 역시 신음하며 땅바닥에 손을 짚었다. 달려온 진구에게 숨쉬기조차 힘들어하며 말한다. 그 손에는 아까까지 있던 푸르스름한 빛이 없었다.

"에텔을, 에텔을 사용할 수가 없어……."

"앗?!"

고더트가 동료 병사들에게 오른손을 휘두르며 명령한다.

"에텔만 못 쓰면 그냥 어린아이에 불과하다. 포획해서 우주선에 태워라!"

"와아!"

형세가 역전된 병사들의 사기가 단숨에 올랐다. 도라에몽이 소리친다.

"모두들! 도망쳐!"

모두가 카트 안에 올라탄다.

"도망칠 셈이냐!"

병사들이 다가온다. 루카, 루나, 아루 세 사람을 부축해 일으키면서 진구가 도라에몽에게 물었다.

"다른 에스펄들은?"

"나중에 구할 수밖에 없어!"

카트에 올라타고 도망친다.

멀어지는 시야 속에서 에텔 뮤터의 모래에 뒤덮여 힘을 잃은 에스

144

펄들이 하나둘, 병사에게 잡혀간다.

"일어서!"

"잡았다!"

"얌전히 굴어!"

"으으으."

"그만……."

"싫어."

비통한 신음을 떨쳐내듯 카트가 세 대, 허공으로 떠오른다.

고더트가 소리쳤다.

"쫓아라! 놓치지 마!"

카트에 타고도 루카는 여전히 괴로워했다. 몸을 숙이며 힘든 듯 헐떡이는 모습을 보고 있자니 진구의 가슴이 아팠다. 빨리 저 모래의 효과가 닿지 않는 곳까지 데려가야만 한다…….

"루카, 정신 차려."

그러는 동안에도 등 뒤에서 가구야 별 병사들의 소형 자동차가 쫓아온다. 쏘아대는 빔을 겨우 피하며 도망치는 게 고작이었다.

방금 또 한 줄기, 빔 광선이 발사되었다. 진구 일행의 뒤를 따라오던 카트에서 아루가 추락했다.

"아루!!"

퉁퉁이가 부르짖는다. 외치는 퉁퉁이의 눈앞에서, 가구야 별의 소형 자동차에서 뻗어 나온 팔이 아루의 작은 몸을 움켜잡았다.

다른 빔 광선이 날아온다.

그 빛은 비실이와 이슬, 루나가 탄 카트에 명중했고, 타고 있던 모두가 공중으로 튕겨 나간다.

"큭……!"

이를 악물며 루나가 손으로 이마를 가린다. 땅바닥을 향해 떨어지면서 비실이와 이슬이를 향해 열심히 힘을 쥐어 짜낸다. 두 사람의 몸을 푸르스름한 에텔의 빛이 감싸듯 뒤덮었다.

앞쪽에서 달리던 도라에몽의 카트로 두 사람이 운반되어 온다.

"루나 씨!!"

도움을 받은 두 사람이 서둘러 뒤를 돌아보았다. 루나가 쓰러져 있다. 모래투성이가 되어 괴로운 듯했지만, 그뿐만이 아니었다. 다리가 아픈 것인지, 더는 일어서지 못했다.

"도망치세요!"

루나가 소리친다. 바로 뒤에서 가구야 별 사람들의 소형 자동차 팔이 뻗어온다.

"제길!"

퉁퉁이가 소리쳤다. "돌아가자, 도라에몽!"

"그게……."

도라에몽이 곤란한 듯 카트의 제어장치를 가리킨다.

"제어가 안 돼."

고정된 제어장치는 푸르스름한 빛에 뒤덮여 있는 것처럼 보였다. 모두가 그것을 깨닫고 앞을 보니, 앞서 달리는 진구의 카트 밖으로 루카가 몸을 내밀고 있었다. 그 손에서 나온 에텔이 도라에몽의 카트를 조작하고 있는 모양이었다.

"루카! 쓸데없는 짓 하지 마!"

"안 돼! 지금 돌아가 봤자 잡혀!"

소리치는 퉁퉁이의 말을 들으면서 루카가 괴로운 표정으로 말했다. "진구야." 하고 부른다.

"진구야, 너희가 여기 올 때 지나온 그 문까지 돌아갈 수 있겠어?"

"'어디로든 문' 말이지? 그래, '어디로든 문'으로 지구에 돌아가면……."

이 상황에서 실낱같은 희망의 빛이 보이는 기분이었다. 진구의 목소리에 루카가 말없이 고개를 끄덕였다.

한편 그 시각.

진구 일행의 달 레이스 시작 지점에 단 한 마리, 기다리다 지쳐 주저앉아 있는 자가 있었다.

모조였다.

"정말 그 토끼 때문에 힘들었어. 이럴 줄 알았으면 나도 레이스에 참가할걸."

노빗의 거꾸로차에서 튕겨 나온 후 심심해하며 불평을 늘어놓고 있는데 문득 동쪽 하늘에서 뭔가 다가왔다. 언뜻 보기엔 빛이 격렬하게 충돌하는 것 같았다. 엄청난 속도로 다가오는 그것은 마치 무언가로부터 도망치는 듯했다.

무슨 일인가 싶어서 일어나 몸을 앞으로 내미는데…….

하늘 위에서 쏜 레이저빔이 연속하여 카트에 명중한다. 도라에몽과 진구 일행이 탄 두 대의 카트가 균형을 잃고 속도마저 떨어져 모조 쪽으로 추락한다.

"거북이 살려!"

모조가 서둘러 몸을 피하자 두 대의 카트는 모조가 조금 전까지 있던 장소에 부딪힌 후 완전히 움직임을 멈췄다. 불시착의 충격으로 밖으로 튀어나온 도라에몽 일행이 레골리스 투성이가 된 머리를 흔들며 얼굴을 닦아낸다.

"문까지 달려! 빨리!"

도라에몽이 소리쳤다. 그 말을 듣자마자 달린다.

그 뒤로 고더트가 이끄는 병사들이 소형 자동차로 다가오고 있었다.

바로 그때, 필사적으로 달리는 진구의 눈에 '어디로든 문'이 들어왔다.

조금만 더.

"진구 방으로!"

문으로 달려간다. 모두 문 저편으로 달려가고 마지막으로 진구가 루카를 함께 데리고 들어가려던 때였다.

루카의 손이 진구에게서 떨어졌다.

"루카?!"

놀라서 돌아보았다.

"난 남을게. 동료들만 남겨놓을 수는 없어."

루카가 말했다. 너무 힘들어 보이는 데다가 서 있는 게 고작인 상태 같았다.

"그럼 우리도! 친구잖아!?"

진구가 그렇게 말하자 루카의 표정이 일그러진다. 금방이라도 울 것처럼 고개를 숙였다가 다시 든 얼굴은…… 웃고 있었다.

"친구니까."

─친구는 동료.

진구의 목소리가 루카의 가슴속에서 되살아난다.

─그냥 친구라는 이유만으로 도와주게 돼.

"루카!"

우리를 도망치게 하려고 그랬어!

진구는 깨달았다. 루카가 문 있는 곳까지 온 것은 자신이 도망치기 위해서가 아니었다. 우리를 돕기 위해!

손을 뻗는다. 힘껏 문 저편으로 손을 뻗었다. 하지만 루카가 문을 닫는 게 더 빨랐다.

타앙— 하고 문을 닫고 루카가 그대로 문을 등진다. 눈을 감고 한마디 중얼거렸다.

"진구야…… 다들 고마워."

그때였다.

레이저가 루카를 향해 날아왔다. 루카가 재빨리 몸을 숙이자 그 빛이 문에 명중하여, '어디로든 문'은 산산조각이 났다.

"!!"

그 충격이 닫힌 문 너머, 지구의 진구 방에까지 전해졌다. 진구 일행의 눈앞에서 문이 폭발했다.

레이저를 발사한 것은 고더트의 부하인 타라바였다. 그 총을 고더트가 붙잡았다. "바보 자식!" 하는 매서운 질책의 목소리가 날아왔다.

"에스펄들이 맞으면 어쩌려고. 어리석기는!"

타라바가 고개를 숙이며 남몰래 쳇, 하고 혀를 찬다. 자신이 제일 옳다는 듯한 표정의 고압적인 이 대장을 타라바는 늘 못마땅하게 생각하고 있었다.

그런 타라바를 곁눈질하며 고더트가 루카 쪽으로 걸어갔다. 루카가 천천히 일어나 뒷걸음질 친다. 문이 있던 언덕을, 느리게 한 걸음 씩. 하지만 그 뒤는 깎아지른 듯한 높은 낭떠러지였다.

"소용없어. 어디에도 도망칠 곳은 없다."

고더트의 목소리가 무정하게 울려 퍼진다.

등을 보인 채 거친 숨을 몰아쉬며, 루카는 말없이 뒤를 돌아보았다. 그리고 깨달았다.

댕— 하고 종이 울리는 듯한 시원스러운 소리였다. 퍼뜩 눈에 힘을 준다. 낭떠러지 저편에 빛나는 돔이 보인다.

"뭘 보고 있는 거지? 어두운 황야에 동료라도 있나?"

고더트가 물었다. 이상하다는 듯 고개를 갸웃거리는 그 모습에 루카의 눈이 휘둥그레진다. 순간 가슴의 배지를 보았다. 모두와 같이 달았던 '이설 클럽 멤버스 배지'.

도라에몽의 말이 귓속에서 되살아난다.

—이설 세계에서 만든 건 정설 세계에서는 보이지 않아.

그 목소리가 되살아난 순간 루카는 마지막 힘을 쥐어 짜냈다. 고개를 든다.

온몸의 힘을 모아 가슴의 배지를 부여잡았다.

막간 interlude

에스펄의 생명은 영원하다.

이 영원의 생명은 루카 일행이 태어날 수 있었던 에텔의 힘에 의한 것이다. 가구야 별에 있을 무렵 아버지와 어머니가 그렇게 가르쳐주었다.

생물학자였던 아버지와 어머니가 루카 일행을 만들어낸 것은 정말 우연이었다.

두 사람이 연구와 실험을 반복하던 어느 날, 시설 굴뚝에 번개가 떨어졌다. 그 순간 시험관 속에서 갑자기 푸르스름한 빛의 폭발이 일어났다고 한다. 그 빛이 점점 옆에 있던 시험관에도, 다시 그 옆의 시험관에도, 마치 거미줄처럼 퍼져갔다. 그리고 루카를 비롯한 열한 명 에스펄의 생명이 태어났다.

신비한 힘을 가진, 어린아이 모습 그대로 성장이 멈춘 종족.

같은 시험관 안에서 두 개 동시에 분열하여 폭발한 생명. 그것이 루나와 루카 남매였다.

에스펄들이 만든 에텔이 연료가 된다는 것은 연구를 통해 곧 알 수 있었다.

그 에너지를 추출하면 가구야 별의 기계를 가동하거나, 별의 식물을 활성화할 수 있다. 지구에서 말하는 석유나 천연가스 같은 것이다.

새롭게 생겨난 귀중한 미지의 에너지에 천 년 전 가구야 별은 흥분으로 들끓었다.

에텔을 손에 넣었다는 사실에 가구야 별 사람들은 기쁨과 놀라움을 감추지 못한 채 폭주하고 말았다. 그리고 마침내 에텔의 힘을 활용해 무시무시한 파괴력을 자랑하는 무기를 개발하기까지 이르렀다. 당시 가구야 별을 통치하던 몇몇 세력 중 하나가 에스펄들의 에텔을 활용해 무기를 만들려고 했던 게 화근이었다.

그리하여 가구야 별의 '달'을 잃고, 에스펄들을 만들어낸 고다르 부부는 학자로서의 양심 때문에 몹시 괴로워했다.

"가거라. 너희는 이제 여기 있으면 안 된다."

그날, 배에 타면서 들은 말 때문에 루카의 마음은 시커먼 절망에 빠졌었다. 그 전까지 어떤 일이 있어도 이 부부에 대해서만은 믿을 수 있다고 생각했다. 자신들은 연구 대상일지도 모르지만 그래도 그들은 루카에게 자신들을 '아버지' '어머니'라고 부르게 했기 때문이다.

적어도 그들만큼은 루카 같은 에스펄을 물질이나 에너지가 아닌, 살아 있는 존재로 대해줬다고 믿었다.

"싫어! 나도 남을래!"

안 좋은 예감이 들었다. 자신들이 여기에서 떠나고 나면 아버지와 어머니가 어떻게 될 것인가. 어렸으면서도 마음이 술렁거렸다. '달'을 잃고, 빛을 잃고, 이미 가구야 별은 괴멸 상태여서 에너지 문제 또한 상당히 심각했다. 에텔을 사용한 온갖 시스템이 작동하여, 가구야 별은 에스펄의 존재 없이는 더 버텨낼 수 없는 상황에 빠져 있었다.

소중한 에너지원인 자신들을 멋대로 도망치게 하면 아버지와 어머니에게는 어떤 벌이 내려질까.

그렇다면 함께 가고 싶다. 루카는 그들이 왜 우리들과 함께 도망치지 못하는지 이해할 수 없었다. 하지만 두 사람은 학자로서의 사명감 때문에, 그리고 다른 가구야 별 사람들을 못 본 체할 수 없어서 별에 남기로 결심했다.

"루카, 네가 알아줬으면 좋겠구나. 어쩔 수가 없어."

아버지가 말했다.

"미안하구나."

어머니가 사과했다.

"……보통 아이들처럼 살게 해주고 싶었는데."

어머니가 의연하게 고개를 들고 입술을 꼭 깨물었다. 그리고 천천히, 루카의 뺨을 때렸다.

"빨리 배에 올라타거라!"

루카가 울면서 동료가 기다리는 우주선 안으로 뛰어들었다. 그러자 그곳으로 추격하던 병사들이 우르르 몰려들었다. 있다, 잡아라,

에스펄을 놓칠 셈이냐!

아버지가 자신들에게 내뱉듯 말했다. "어서 가!"

아버지가 이어서 뭐라고 말했다. 잘못 들은 게 아니라면, 이렇게 들렸다.

"아직 연구는 진행 중인데."

"에스파……들, 에게서…… 을…… 주고……."

아버지가 뭐라고 더 말했다. 하지만 아버지의 목소리가 제대로 들리지 않았다. 루카는 돌아가려 했다. 배에서 내려 아버지와 어머니가 있는 곳으로 가고 싶었다, 그래서 달려나갔지만, 이미 늦었다.

사실은 묻고 싶었다.

—연구는 진행 중이었다.

그게 무슨 연구였느냐고.

아버지와 어머니는 역시 우리들을 어차피 연구 대상으로만 여겼던 게 아닐까. 중요한 건 우리들의 존재가 아니라 자신들이 만들어낸 에텔이었고, 그 작업에 방해가 돼서 자신들을 쫓아낸 게 아닐까.

가구야 별을 떠난 후 살 곳을 찾아 우주 여기저기를 떠돌다가, 태양계에서 파랗고 아름다운, 마치 예전의 가구야 같은 별을 발견했다.

그것은 '지구'라는 이름의 별이었다.

내려서자 거기에는 이미 지구인들이 문명을 구축해놓은 상태였다.

자신들의 모습은 머리의 긴 센서만 숨기면 지구인 아이들과 아주 흡사했다. 지구인과 교류하며 한때는 지구에서 살려고 생각한 적도 있었지만 그것은 몹시 두려운 일이기도 했다.

만약 자신들의 힘이 또 악용된다면.

가구야 별에서 그랬던 것처럼 천 년 전의 지구에서도 전쟁과 다툼은 수없이 일어났다. 다른 종족과 살면서 또 언제, 전쟁에 자신들이 휩쓸리지 않으리란 보장은 없었다. 함께 살 수 없다는 걸 느꼈다.

그것은 에스펄들을 위한 것 이상으로 지구인을 위해서였다. 자신들의 힘이 있는 한, 가구야 별의 '달'이 날아갔던 아픈 경험을 지구 역시 다시 반복해서는 안 되었다.

에스펄은 자신들이 살 장소로 달을 선택했다.

인간이 살기에는 가혹한 환경이었지만, 가구야 별에서 멀리 떨어진 이곳에서 큰 힘만 사용하지 않으면 에텔을 감지당할 우려는 없을 것 같았다. 무엇보다 밖으로 나가면 아름다운 지구의 존재를 늘 옆에서 바라볼 수 있었다.

손을 뻗으면 금방이라도 잡힐 것처럼 가까운, 그 아름다운 별에는 다른 누군가가 살고 있다. 그렇게 생각하며 바라보는 것만으로도 약간은 위로받는 기분이었다.

에텔의 생명은 영원의 생명.

몸 안에서 에텔이 불타고 있는 한 에스펄들은 계속 살 수 있다. 그 생명에는 끝이 없으며, 또한 스스로 새로운 가족을 만들어낼 수도 없다. 한 세대만으로, 그저 계속 살 수 있다.

그 생명이 '영원의 고독'을 의미한다는 걸 깨닫기까지는 그리 오래 걸리지 않았다.

파랗고 아름다운 지구를 내려다보면서 이따금 가슴이 찢어질 것만 같았다. 언제까지 우리들은 이대로 영원히 살아야만 하는 것인가, 하는 생각에 괴로웠다.

죽지도, 늙지도, 새로운 가족을 맞이하는 일도 없이, 아무런 변화도 없이 언제까지 이대로 계속 살 것인가.

모두의 리더인 루카와 루나에게 삶의 의미는 동료였다. 동료인 에스펄들을 위해 자신들이 똑 부러지게 행동하지 않으면 안 되었다. 그것은 루나가 고다르 부부에게 부탁받은 것이기도 했다.

하지만 언제까지 이대로일 것인가, 하는 생각은 늘 남아 있었다. 자신들은 '살기 위해 살고 있는' 것이 아닐까. 그렇게 생각하면 마음이 몹시도 뒤숭숭했다. 에스펄들은 지구인이나 가구야 별 아이들과 겉모습은 비슷했지만, '변화가 없다'는 점에서는 어린아이 이상이었다. 사고의 순수함, 감각, 기억력. 보아온 모든 것들을 '잊지 않았다'. 보통 아이들이라면 성장함에 따라 잃어갈 감성도 잃지 않는다.

외모와 함께 속 알맹이도 역시 '늙지' 않는 것이다.

그것은 천 년 전의 힘들었던 작별의 기억이나, 아버지와 어머니의 말과 감촉까지 아무리 시간이 흘러도 전부 기억하고 있다는 의미인 동시에 그 아픔이 희미해지지 않는다는 것이기도 하다.

'망각'은 때로 마음의 상처를 치유해준다. 잊을 수 있기 때문에 인간은 앞으로 나아갈 수도 있다. 하지만 에스펄들은 그게 없다. 둔감해지기는커녕 더욱 생생한 감성으로 언제까지고 기억과 생각을 선명히 간직한다.

가구야 별 사람의 수명도 지구인의 수명과 같아서 길어봐야 백 년 정도다.

달에 살기 시작한 지 수십 년이 지났을 무렵, 불현듯 '아아!' 하고 깨달았다. 말은 하지 않았지만 루나도, 아루도, 다른 에스펄들도 모두 깨달았을지 모른다.

고다르 부부는 이제 없을 것이다.

멀리 떨어진 가구야 별에 언젠가 돌아갈 날이 와도 거기에는 이미 자신들의 아버지와 어머니는 없다.

그렇게 생각하고서야 비로소 루카는 자신들이 막연히 '언젠가 아버지와 어머니가 데리러 와주지 않을까?' 하고 생각했었음을 자각했다. 달의 뒤편, 이 불편한 장소로 부모님이 데리러 와주기를, 무의식적으로 기도하듯 원했다는 것을 깨달았다.

그것을 잃고 나서부터가 진정한 고독의 시작이었다.

동료는 있지만 살기 위해 사는, 변화 없는 수백 년의 세월. 느릿한

지옥이나 다름없는 나날 속 유일한 위로는 역시 지구의 존재였다.

우주선 아폴로 11호의 달 착륙.

달에서 숨을 죽이고 지켜보며 가슴이 두근두근, 괜히 자신들도 우쭐해졌다. 천 년이라는 시간 동안 지구의 사람들이 바뀌더니 그들은 자신들의 문명을 더욱 발전시켜나갔다. 에스펄은 그것을 이루지 못하는 만큼 동경하는 마음이 더욱 커졌다.

그리고 그날, 달 뒤편에 탐사기가 찾아왔다.

아루의 모습이 거기에 찍혔다는 사실은 틀림없이 루카의 마음속에서는 하나의 계기에 불과했다. 루카는 분명 이유를 찾고 있었다.

지구로 내려갈 이유를.

저 너머에 있는 누군가라면 루카와 동료들의 마음을 받아줄지도 모른다. 루나와 동료들이 반대하더라도 오랜 생명을 살아오는 동안 루카는 그 충동을 더는 억누를 수 없게 되었다.

그리고 진구와 친구들을 만났다.

달에 누군가가 살고 있다는 걸 믿어준, 루카의 첫 '친구'.

'친구는 동료야! 그냥 친구라는 이유만으로 도와주게 되는.'

진구.

희미해지는 의식 속에서 루카의 얼굴이 자연스럽게 미소를 짓는다. 배지를 떼어 마지막 힘을 쥐어짠다.

멀리 보이는 지구를 향해 마음속으로 불러본다.

진구야.

만난 사람이 너희들이라 정말 다행이었어.

제4장. 친구니까

　도라에몽까지 포함해 다섯 명은 진구의 방에서 멍한 상태로 주저앉아 있었다. 산산조각이 난 '어디로든 방'의 파편이 주위에 뿔뿔이 흩어져 있다.

　"달에서 문이 부서졌어⋯⋯."

　"말도 안 돼⋯⋯, 이제 달에는 갈 수 없는 거야?!"

　도라에몽의 말에 이슬이가 슬픈 비명 같은 목소리로 말했다. 퉁퉁이가 방바닥을 내리치며 "말도 안 돼!" 하며 소리친다.

　"우리만 살아오다니!"

　"어쩔 수 없었어. 이렇게 될 줄은 생각지도 못했으니까⋯⋯."

　힘없이 고개를 숙이는 비실이에게 퉁퉁이가 비난 섞인 말투로 쏘아붙인다.

　"넌 분하지도 않냐!"

　"분해!"

　멱살을 잡힌 비실이가 고개를 든다. 그 눈에 그렁그렁 눈물이 맺혀 있었다.

"나도 도움을 받았는데, 당연히 분하지!"

"비실아……."

모두의 목소리를 등 뒤로 들으며, 진구가 천천히 일어섰다.

"루카는 혼자서도 남았는데……."

조금 전까지 잡고 있던 루카의 손. 그만 놓아버린 루카의 손. 자신의 손을 바라보며 입을 앙다물 듯 말한다. 모두를 돌아본다.

"우리도 '대나무헬리콥터'를 이용해서 도와주러 가자!"

결의를 담은 목소리를 듣고 즉시 도라에몽이 고개를 저었다.

"무리야! 지구에서 달까지는 38만 킬로미터! 가까워 보여도 멀어."

"이럴 수가……."

모두가 고개를 숙인 그때였다.

이슬이의 등이 서서히 불룩불룩- 부풀어 올랐다. 목덜미에서 뭔가가 튀어나왔다.

"달에 가는 방법이라면 있습니다!"

"모조!"

모두가 그 모습을 보고 경악했다.

모조는 달에서의 공격과 문의 폭발에 휘말려 모두와 함께 도망치다가 지구로 따라오게 된 것이다. 정신없이 도망치느라 그랬는지 얼굴이며 등딱지가 몹시 지저분했다.

"루카와 지구에 올 때 타고 온 우주선을 아직 숨겨 놓았습니다. 그

걸 타면 달로 돌아갈 수 있어요."

모조의 말에 모두가 서로의 얼굴을 쳐다본다. 결심이 선 듯 진구가
얼굴을 들었다.

"가자. 모조, 안내해."

모조가 안내한 곳은 뒷산 억새밭이었다.

"여기는 처음 루카와 만났던……."

그때보다는 아직 해가 높았다.

대지와 억새가 지는 해를 받아 오렌지색으로 물들고 있었다. 그날
루카가 앉아 있던 송전탑 부근까지 다가가더니 모조가 한 그루 단풍
나무 앞에서 걸음을 멈췄다.

"'파루파루모조루카, 고다룬테'!"

모조가 진구와 친구들은 알아들을 수 없는 무슨 주문 같은 것을 읊
조리자 단풍나무 뿌리께에서 화악— 하고 빛이 새어 나왔다.

땅바닥이 들리고, 커다란 캡슐 같은 것이 나타난다. 아마도 그것이
루카가 타고 온 우주선인 모양이었다.

"있다!"

하지만 그것은 너무 작았다.

도라에몽이 우주선 조종석으로 재빨리 올라타 이것저것 조사하기 시작했다. 우주선 안은 한 사람만 타도 꽉 찰 것만 같다. 이를 가만히 지켜보던 비실이가 물었다.

"여기에 다 탈 수 있을까?"

"원래 달에 있는 우주선의 구명보트였으니까……."

"좋아! 개조하자."

모조의 말에 우주선 모니터를 만지작거리며 확인하던 도라에몽이 소리쳤다.

"조금 시간은 걸리겠지만 22세기의 기술을 더하면 어떻게든 될 거야. 다들 집으로 돌아갔다가 저녁 일곱 시에 다시 여기로 집합해!"

"그래!"

"응!"

"좋아!"

"위험한 여행이 될 거야. 각오가 안 되었으면 지구에 남아 있는 편이 좋아."

도라에몽이 모두에게 알린다. 그렇게 말하는 도라에몽의 얼굴도 긴장으로 딱딱하게 굳어 있었다.

달에서 가구야 별 사람들에게 쫓기던 공포는 모두가 기분 나쁠 정도로 잘 알고 있었다. 가차 없이 발사하던 빔 광선. 카트에서 튕겨 나갈 때의 충격. 다시 생각하니 새삼 다리가 움츠러든다.

먼 산으로 오렌지색 석양이 서서히 기울어간다.

밤이 온다.

진구의 방.

책상 옆에서 진구가 토트백을 손에 든다. 갈아입을 옷을 넣고 간식을 가득 채운 후, 추울 것 같아 파카도 한 장 걸쳤다.

루카와 만난 그날보다 계절은 더 나아가 이제 밤이면 제법 추워졌다.

낮잠용 베개도 옆구리에 끼고 방을 나선다.

창밖에서 슬쩍, 마지막으로 거실 모습을 살핀다. 진구가 나가는 것을 모르는 어머니와 아버지의 목소리가 안에서 들려온다.

"됐어. 고마워."

아버지가 신문을 내려놓는 소리가 들린다. 그 얼굴을 훔쳐보다가 살짝 고개를 숙인다. 하지만 이내 누군가 부르는 소리가 들리는 것 같아 얼굴을 들었다.

하늘에 달이 떠 있었다.

어느새 나와 있었던 걸까. 그 달 저편으로 얼굴이 보이는 것 같았다. 친구의, 루카의 얼굴이.

볼에 힘을 주며 꽈악 입술을 깨물었다.

굳게 마음먹고 집을 나섰다.

이슬이의 집. 현관.

가방을 들고 슬쩍 문을 닫았다.

"어머?"

막 나가려는데 기르던 개 메롱이가 다가왔다.

"메롱아!"

어딘가 떠나려는, 그 기척을 눈치챘을지도 모른다. 이슬이가 다가가자 기쁜 듯 제자리에서 빙글빙글 맴돈다. 예의 바르게 앉는 메롱이를 이슬이 역시 서운한 듯 끌어당긴다. 이마와 이마를 맞대자 따뜻했다. 할짝할짝, 메롱이가 이슬이의 뺨을 핥아준다.

"……힘내라는 거지. 고마워."

그렇게 말하고 마지막으로 다시 한 번 메롱이를 꼭 안아주었다. 일어나 문을 열고 집을 뒤로 한다.

퉁퉁이네 집의 계단.

커다란 보따리 뭉치를 짊어진 퉁퉁이가 발소리를 죽이며 살금살금 내려온다. 조심스럽게 발뒤꿈치를 들고 살금살금.

가게로 연결되는 문을 조용히 열고 소리가 나지 않도록 천천히 닫는다.

나올 때 가게 선반에 놓인 비스킷 상자가 눈에 들어왔다. 작은 아이들이 간식을 먹는 그림이 그려져 있다.

말없이 그것을 집더니 호주머니에 넣고 셔터 쪽으로 향한다. 가게 셔터를 살짝 들어 올리고 밖으로 나오자 이미 깜깜한 밤이었다. 달이 떠 있다.

만나기로 한 뒷산을 목표로 퉁퉁이가 종종걸음으로 달려간다.

그 무렵, 뒷산으로 이어지는 길. 비실이는 다리 위를 서성이고 있었다.

개인 짐을 넣은 배낭을 메고 있었지만, 솔직히 말하면 아직도 몹시 두려웠다. 마음을 정하지 못한 채 다리 난간에 몸을 기댄다.

강물 위에 달이 비쳤다.

강물이 흔들리자 그 위에 있는 달도 같이 흔들렸다. 그 모습과 달빛을 보자 가슴이 아팠다. 마음이 찢기는 것 같았다.

위험한 여행.

하지만 저 달에서 자신의 동료가 기다리고 있다. 루나와 루카가 기다리고 있다.

약속 시간인 일곱 시를 앞두고 달이 구름에 가렸다.

어두운 뒷산에 도라에몽이 개조한 우주선이 놓여 있다. 도라에몽이 시계를 확인한다.

"슬슬 시간이 됐는데. 출발하자."

그 목소리에 모두가 도라에몽을 본다. 진구, 이슬이, 퉁퉁이. 하지만 그 안에 비실이의 모습만 없다. 퉁퉁이가 말했다.

"조금만 더 기다려줘! 아직 비실이가……."

그때였다.

"얘들아!"

바람에 억새가 바사삭– 소리를 내며 운다. 그 소리 안에서 비실이의 목소리가 들려왔다. 모두가 돌아보자 억새 사이를 거의 뛰다시피 다가오는 그림자가 있었다.

비실이였다.

등에 배낭을 멘 채 멈춰 서서 숨을 고르며 말한다.

"앞머리를 어떻게 할지 결정을 못 해서……."

부끄러운 듯, 얼버무리며 말하는 모습에 모두가 웃음을 지었다.

"바보야!" 하고 퉁퉁이가 비실이의 앞으로 뛰쳐나갔다. 기쁜 듯 비실이에게 달려가 헤드록을 건다.

"너, 늦었잖아!"

"아파, 아파, 아파!"

그렇게 말하면서 비실이의 얼굴도 어딘지 모르게 안도하는 것처럼 보였다.

"그럼 출발하자!"

모두의 가슴에서 '이설 클럽 멤버스 배지'가 동시에 반짝인다.

도라에몽이 우주선 스위치를 누르자 모니터 화면이 깜박깜박 점멸을 시작했다. 그러나 날아갈 기미는 보이지 않는다.

"움직이지 않는 거야?"

"개조해서 더 망가진 거 아냐……?"

퉁퉁이와 비실이가 걱정스러운 듯 그렇게 말하자, 모조가 "괜찮습니다!" 하고 진구의 어깨 위에서 가슴으로 턱- 하고 손을 얹는다.

"걱정하지 마십시오! 틀림없이 이제 슬슬……."

모조가 그렇게 말한 바로 그 순간, 하늘의 구름이 활짝 개었다.

어두웠던 하늘에서 달빛이 쏟아진다.

바로 그때, 가만히 있던 우주선의 엔진이 우웅- 하고 소리를 냈다. 여기저기가 반짝인다. 모니터 불빛이 들어온다. 마치 달빛을 동력으로 삼기라도 하듯 우주선의 포드(pod, 비행기 동체 밑의 연료나 장비, 무기 등을 싣는 유선형의 공간-역주) 밑바닥이 빛난다. 그 끝에 달린 천 같은 것이 벌어지며 점점 부풀어 오른다. 진구가 눈치챘다.

기구다!

도라에몽이 개조한 우주선은 위에 도라에몽의 얼굴 풍선이 달린 기구 형태의 것으로 변해 있었다.

"빨리 배에 타!"

재빨리 도라에몽이 신호했다.

"서둘러 타지 않으면 놓고 간다!"

"아앗!"

"그런 건 먼저 말해줬어야지!"

수직으로 선 포드로 서둘러 달려가 모두가 안으로 뛰어들었다.

모두가 타기를 기다렸다는 듯 풍선이 하늘로 떠오른다. 단숨에 고도를 높이며 달에 접근해 간다.

"와아!"

"굉장해!"

"난다, 날아!"

"저기 봐, 거리가 투시도를 보는 것 같아."

계속해서 올라가는 기구에서 내려다보는 밤의 거리는 마치 미니어처 같았다. 집집마다 보이는 무수히 많은 불빛. 차가 달리는 고속도로는 마치 빛의 띠 같다.

"저 하나하나에 누군가가 살고 있어."

"우리 집도 저기 어딘가에 있겠지."

이슬이 그렇게 중얼거리자 진구가 고개를 끄덕인다.

"후후후, '적응등'!"

도라에몽이 주머니에서 도구를 꺼낸다.

우주에서도, 해저에서도 그 빛만 있으면 어떤 장소에든 적응할 수 있는 비밀 도구 '적응등'의 빛으로 모두를 비춘다. 도라에몽이 설명했다.

"대기권 밖으로 나가면 고속 운전으로 전환할 거야. 달에 도착하려면 꼬박 하루가 걸려. 안으로 들어가 잠깐 쉬도록 해."

기구의 포드 바닥에 해치 입구가 달려 있었다. 도라에몽이 그것을 열자 안에는 깜짝 놀랄 만큼 커다란 크기의 방이 만들어져 있었다. 마치 집 같다.

"안은 4차원 공간으로 되어 있어. 모두의 방도 있고."

"와아!"

도라에몽의 목소리에 모두가 환호한다.

비실이와 퉁퉁이가 재빨리 자신들의 방으로 가서 침대와 의자 위에서 통통 뛰어본다. 이슬이가 조심스러운 말투로 "역시 목욕탕은 없겠지……." 하고 말하자 도라에몽이 "있어!" 하며 미소 짓는다.

안내받은 욕실에서 이슬이가 창밖으로 보이는 지구를 바라보며 욕조에 몸을 담그고는 황홀한 듯 중얼거린다.

"지구를 구경하며 목욕하다니, 호강하네~."

모두가 각자의 방에서 한껏 두 발을 뻗고 있는 동안 진구와 도라에몽은 조종석에서 앞을 바라보고 있었다. 특히 진구가 안절부절 못했다.

진구의 어깨 위에는 모조가 올라타 있었다. 루카의 어깨에서 그러했던 것처럼.

달의 모습이 점점 다가온다.

진구가 중얼거렸다.

"기다려, 루카."

달에 도착하자마자 진구와 친구들은 루카 일행을 찾아 나섰다. 큰 소리로 이름을 부른다.

"루카!"

"아루!"

"루나 씨!"

달은 가구야 별 병사들의 습격을 받고 군데군데 땅바닥이 움푹 패거나 깎여나간 전투의 흔적이 생생히 남아 있었다. 하지만 그뿐이었다. 루카를 비롯한 에스펄의 모습도, 가구야 별 사람들의 모습조차 보이지 않는다.

"안 돼. 아무도 없어."

콜로니에 누가 남아 있지 않을까 싶어 확인하러 간 도라에몽과 모조가 어깨를 축 늘어뜨리고 돌아왔다. 모조가 말한다.

"아마도 전부 가구야 성으로……."

"이럴 수가……."

이슬이가 충격으로 말을 잃는다. 모두가 다 실의에 빠져 말을 잇지 못했다.

그때였다.

정적을 깨기라도 하듯, 달세계와는 어울리지 않는 소리가 멀리에서 들려왔다. 땡땡땡땡– 하는 경쾌한 소리. 모두가 고개를 드는데, 아마도 그것은 낭떠러지 밑으로 다가온 차의 벨 소리 같았다. 뒤로 달리는 그 차를 운전하는 것은.

"노빗?!"

"노비비! 노비비!"

노빗이 크게 손을 흔든다. 이쪽을 바라보며 그대로, 천천히 차를 몰기 시작한다. 마치 '이리 오라'고 진구 일행을 부르는 듯하다.

"하고 싶은 말이 있나 봐."

"따라가 보자."

고개를 끄덕이며 모두가 '대나무헬리콥터'를 머리에 장착한다. 노빗의 차 뒤를 따라간다.

노빗이 모두를 안내한 곳은 토끼 왕국에 있는 노빗의 집이었다.

"노빗!"

지하 방으로 들어가 노빗이 입구의 당근 무늬 커튼을 젖히자 마치 거기에 몸을 숨기기라도 한 것처럼, 한 에스펄이 앉아 있었다. 그 모습을 보고 모두가 소리쳤다.

"루나 씨!"

상처 입은 오른발을 침대 위로 뻗고 루나가 앉아 있었다. 비실이가 달려간다.

"무사했구나!"

"여러분!"

루나의 얼굴이 반짝 빛나고, 다음 순간 여위어 보이는 그 얼굴을 다시 숙인다. 가슴에서 모두와 똑같이 '이설 클럽 멤버스 배지'가 빛나고 있다.

"루카가 자기 배지를 나한테 달아줘서 여기로 도망칠 수 있었어요."

"그렇구나!"

도라에몽이 크게 고개를 주억거렸다.

"배지가 없는 가구야 별 사람들에게는 토끼 왕국이 보이지 않았을 거야."

루카가 순간적으로 판단한 것임이 틀림없었다. 루카는 기억하고 있었던 것이다. 자신의 배지를 이용해 혼자만이라도 도망치도록, 제일 가까이에 있던 루나를 향해 마지막 힘을 쥐어짰을 것이다. 에텔의 힘으로 자신의 배지를 날려 보내 루나에게 달아주고, 토끼 왕국까지 보내주었다.

"하지만 루카가 나 대신에……. 늘 그렇게 무모하거든요……."

루나가 눈을 내리뜨자 그 눈에서 뚝뚝 눈물이 굴러떨어졌다. 분노와 슬픔으로 모두의 가슴이 메었다. 퉁퉁이가 주먹을 꽉 쥐었다.

"가구야 별 놈들을 용서할 수 없어!"

"루카와 친구들은 반드시 우리가 구해낼게!"

진구가 그렇게 말하자, 도라에몽이 "좋아, 그럼." 하고 주머니에 손을 넣었다.

"'의사 선생님 가방'! 이슬이는 여기에 남아서 루나를 돌봐줘."

"알았어."

"그리고 '예감 벌레'와 '예비 4차원 주머니'!"

벌레 모양을 한 자명종 시계 같은 알람을 가리키면서 도라에몽이 이슬이에게 설명한다.

"가구야 별에서 만약 무슨 일이 생기면 '예감 벌레'가 울릴 거야. '예비 4차원 주머니'는 내 주머니와 연결되어 있으니 긴급 탈출용으로 놓고 갈게."

도라에몽의 설명 후, 노빗이 "노비비비!" 하고 계단을 달려 내려왔다. 진구 일행에게 보자기 꾸러미를 내민다.

"노비, 노비!"

마치 '가져가, 가져가' 하고 말하듯 가리키는 그 내용물을 보고 자신도 모르게 진구의 입에서 "와아!" 하는 탄성에 터져 나왔다.

"떡이구나! 고마워, 노빗."

"노비~."

동그랗고 맛있어 보이는 많은 떡을 진구가 등에 짊어진다.

달에서 가구야 별로.

도라벌룬인 기구 형태 우주선으로 돌아가 다시 여행을 떠난다.

배웅하는 이슬과 루나, 노빗에게 손을 흔든다. 비실이가 말했다.

"루나 씨, 꼭 돌아올게요~!"

"부탁해요!"

"조심해!"

달에서 기구가 또 서서히 멀어진다. 시야에서 완전히 달이 사라지고, 주변이 완전히 우주의 바닷속으로 변하자 모두가 조종석으로 모였다.

"모조의 안내에 따르면 가구야 별까지는 대략 40광년. 빛의 속도로도 40년이 걸려."

"아앗! 우리한테는 그리 시간이 많지 않은데!"

"도착할 무렵이면 할아버지가 돼 있겠어!!"

진구와 퉁퉁이가 허둥대며 말하자 진구의 어깨 위 모조가 의외라는 듯 "어?" 하며 고개를 갸웃거렸다.

"지구인들은 워프 항법을 모르시나요? 워프를 사용하면 순식간에 가구야 별인데요."

모조가 조종석의 도라에몽을 쳐다본다.

"좌우 조종 레버를 동시에 쓰러뜨려 주십시오."

"그럼 바로……."

레버를 꾹 앞으로 쓰러뜨리자 앞쪽 모니터의 우주가 흔들렸다.

기구가 빛난다. 앞쪽의 우주 공간이 격렬하게 떨린다. 한복판의 한 점을 제외하고 다른 모든 것, 모니터에 비친 별들이 고속으로 하나둘 빛줄기가 되어 흘러간다. 시야가 빛으로 감싸인다.

"워프!"

도라에몽의 목소리에 맞춰 우주선이 빛 속으로 날아들었다.

한편.

가구야 별의 중심, 디아팔레스. 디아볼로가 머무는 '황제의 방', 고더트는 루카를 데리고 황제 앞에 있었다. 주렴 앞까지 와서 한쪽 무릎을 꿇는다.

"디아볼로 님. 에스펄들을 잡아왔습니다. 이자가 에스펄의 대장입니다."

루카의 손에는 에텔을 사용하지 못하도록 특수 가공된 수갑이 채워졌고, 그 끝부분이 고더트의 칼자루와 쇠사슬로 연결되어 있다. 루카가 주렴 너머를 노려보다가 굴복하지 않겠다는 듯 외면해버린다.

주렴 너머에서 방 전체를 감싸듯 위엄 어린 목소리가 돌아온다.

"수고했다."

주렴 너머가 희미하게 빛나며 오늘은 디아볼로의 그 얼굴이 어렴풋이나마 보인다. 마치 도깨비 가면을 쓴 듯 표정이 없는 노인의 얼굴이다.

"어리석은 네놈들이 한 짓치고는 제법 잘했다고 말해줘야겠군."

"네! 에텔의 힘으로 가구야 별이 구원받을 걸 생각하면……."

"그게 아니다."

자신의 말이 차단되는 바람에 고더트가 영문을 모르겠다는 표정으로 고개를 들었다. 디아볼로가 유쾌한 듯 말을 이었다.

"에스펄 이상으로 좋은 것을 너희가 발견한 듯하지 않은가."

"무슨 말씀이신지?"

의미를 알 수 없어서 반문하자 디아볼로의 목소리가 대답한다.

"그 별은 자못 아름다워 과거의 가구야 별 같다던데."

"……그건!"

에스펄들을 발견한 장소 바로 근처에 있던 파랗고 아름다운 그 별.

보고는 하지 않았다. 할 말을 잃은 고더트에게 "헤헤헤." 하고 웃는 소리가 다가온다. 돌아보자 대기하라고 명령했던 부하가 어느새 들어와 있었다.

"타라바!"

알현이 허용된 것은 대장인 자신뿐이었을 것이다. 그런 자신을 무시하고 멋대로 보고한 게 틀림없었다.

주렴 너머 디아볼로의 텅 비어 보이는 눈동자에 수상한 빛이 어린다.

"에스펄의 힘으로 파괴 무기도 되살릴 수 있다. 그렇다면 그 별을 손에 넣는 것도 쉬운 일일 테지."

"지구……."

루카의 입에서 희미한 신음이 새어 나온다. 지금까지 침묵하고 있었지만 더 이상 참지 못하고 일어섰다.

"지구를 말하는 것이구나!"

"그만둬! 황제 앞이다!"

고더트가 수갑에 연결된 쇠사슬을 잡아당겨 루카의 몸을 강제로 바닥에 엎드리게 만든다. 디아볼로의 새된 웃음소리가 울려 퍼진다.

"후하하하하하하! 지구라고 부르는가, 그 별은."

"에스펄을 잡아온 것은 가구야 별의 빛을 되찾기 위해서가 아니었습니까?!"

고더트의 목소리는 몹시 동요하고 있는 것처럼 들렸다. 허둥대는 신하를 비웃듯이 디아볼로가 설명한다.

"이 별은 이제 죽은 것이나 다름없어. 귀중한 에텔을 그런 일에 사용할 수는 없지. 그냥 지구를 침략할 것이다!"

고더트가 할 말을 잃는다. 디아볼로의 목소리가 다시 울려 퍼졌다.

"무기를 되살릴 준비를 하고, 에스펄들은 모두 감옥에 가둬라."

주렴 너머의 빛이 사라지고, 옥좌가 완전한 암흑으로 변한다.

남겨진 고더트가 뭔가를 참듯이, 강하게 주먹을 움켜쥔다. 그대로 마지못해 고개를 숙였다.

"네⋯⋯."

루카를 감옥으로 데려가는 고더트 앞에서 타라바가 뻐기듯 가슴을 편다.

"오늘부터 대장은 나, 타라바 님이시다. 그러니 앞으로는 나보다 더 높은 체 명령하지 마!"

긴 복도를 걸어가며 허세 섞인 태도로 과거 자신의 대장을 비웃는다. 고더트는 말이 없었다.

옆에서 걷는 루카는 그저 고개만 숙인 채 그들의 모습을 바라보고 있었다. 그러자.

"도망쳐."

작은 목소리였다. "앗?!" 하고 놀라며 고개를 든 다음 순간, 옆에 있던 고더트가 검을 들고 스윽 앞으로 나선다.

"안 들리나, 고더⋯⋯."

타라바가 몸을 돌려 고더트의 이름을 마지막까지 부르려는 순간, 그보다 먼저 고더트가 거리를 좁히며 타라바의 품 안으로 파고든다. 그대로 검을 명치에 갖다 대자, 타라바가 "큭!" 하고 짧게 신음한다. 그대로 거구가 무너진다.

고더트가 돌아보았다. 다음은 루카를 겨눈다.

"!"

루카가 멈칫거리다 재빨리 몸을 피했다. 고더트가 단숨에 다가와 "핫!" 하고 고함치는 것과 동시에 검을 내리쳤다.

금속음이 울려 퍼진다. 싱거울 정도로 쉽게 루카의 수갑이 두 동강 나며 손에서 떨어진다. 쇠사슬에서 벗어나 자유로워진다.

놀란 것은 루카였다.

"왜?"

"너희를 무기로 이용하게 해서는 안 된다. 가라!"

고더트가 단호하게 말했다. 루카는 숨을 삼킨 채 그 얼굴을 마주 바라보았다.

하지만 그때였다. 복도 저편에서 매끄러운 움직임으로 새로운 병사들이 다가왔다. 달에 온 고더트 병사들과는 외모가 완전히 딴판이었다. 예스러운 하얀 옷. 얼굴은 두건으로 덮여 있고 머리에는 신관들이 쓰는 검은 모자를 쓰고 있었다. 초승달 문양이 새겨진 복면이 몹시 섬뜩한 인상이었다. 마치 마음이 없는 듯, 한마디 말도 없이 민첩한 동작으로 간격을 좁혀온다. 복면 때문에 얼굴이 전혀 보이지 않는다.

"큭! 황제의 호위무사인가!"

고더트가 불길하게 외쳤다. 아마도 이 섬뜩한 병사들은 디아볼로의 직속 부하들인 모양이었다. 그러자 반대편 통로에서도 같은 차림의 황제 호위무사들이 다가왔다. 옴짝달싹할 수 없는 상태였다.

"이쪽이야!"

고더트가 루카의 팔을 잡고 앞쪽에 있는 계단을 뛰어 내려가려고 했다. 그런데…… 어디에서랄 것도 없이 웃음소리가 들려왔다.

"후하하하하하."

디아볼로의 목소리였다. 건물 전체를 뒤흔드는 듯한, 마치 땅울림 같은 목소리였다.

"이렇게 멍청한 자였던가, 고더트. 괴물과 손을 잡다니."

"당신이야말로 부끄러운 줄 알아!"

모습이 보이지 않는 상대를 향해 고더트가 부르짖는다.

"가구야 별을 방치한 채 다른 별까지 끌어들이려 하다니!"

"닥쳐!"

디아볼로가 그렇게 말한 순간 황제의 호위무사들이 일제히 고더트를 에워싼다. 그 손가락 끝이 기괴한 빛으로 물들더니, 번개 같은 빔을 발사한다. 빛이 고더트를 정면으로 덮쳐 온다.

"크아아아아!"

감전되어 몸의 자유를 빼앗긴 고더트가 비명을 지른다. 루카의 눈이 휘둥그레진다. 고더트의 몸이 서서히 무너지며 눈앞에서 쓰러졌다.

"지금 시간 있을 때 '통역 곤약'을 먹어두자. 가구야 별 사람들과는 언어가 안 통하니까."

가구야 별로 향하는 워프 항로에서 조종석에 집합한 모두를 앞에 두고 도라에몽이 말했다.

먹으면 어떤 언어든 번역되어 대화할 수 있는 '통역 곤약'. 다 같이 열심히 씹어 우물우물 삼킨다. 물론 노빗에게 받은 떡으로 허기를 달래는 것도 잊지 않았다.

조종석에서 모조의 목소리가 났다.

"출구입니다!"

서둘러 모두 자신의 자리로 향한다. 한결같이 시간과 거리의 굴곡만 보여주던 모니터가 완전히 변하여 눈부신 빛에 감싸여 있었다. 우주선의 속도가 올라간다. 총알이 총구에서 나가듯, 진구 일행을 태운 도라벌룬이 워프의 출구를 지난다.

그대로 단숨에 속도를 줄이고.

우주선이 한 번도 본 적 없는 곳으로 튀어나왔다.

진구 일행도 처음 보는 장소. 불그스름한 거대한 별, 가구야 별과 그 옆의 일그러진 '달'.

"이게 가구야 별……."

"정말 '달'이 일그러져 있어……."

모두가 마른 침을 삼키며 눈 아래로 다가온 별을 쳐다보았다.

초록색으로 짙게 드리운 구름.

식물의 모습은 거의 보이지 않고 대지는 오랫동안 비를 맞지 못한 듯 메말라 있었다. 바다 위에는 안개가 짙게 깔려 있고, 지평선 너머로 오른쪽 끝부분이 뎅강 잘려나간 '달'의 모습이 보인다.

참으로 어두운 별이었다.

바닷속에 오래된 빌딩들이 잠겨 있다.

바다에 잠긴 그 건물들보다 훨씬 초라한, 폐허 같은 낮은 건물들만 있는 거리에 가구야 별 사람들인 듯한 모습이 보였다.

거리의 한복판으로 한 대의 차가 다가온다. 짐칸이 열리고 가구야 별 병사들이 모습을 나타냈다.

"지금부터 식량을 배급한다. 한 줄로 서라!"

짐칸에서 식량이 든 컨테이너를 내리기 시작한다.

차 앞에는 즉시 행렬이 생겨나고, 그 일대는 가구야 별 주민들의 모습으로 가득 찼다. 모두 병사들과 달리 무장하지 않은 상태다. 오래 입은 듯한 무명천 양복에 허술한 방한용 망토를 걸친 차림이었다.

하늘에서 빛이 비치지 않기 때문인지 가구야 별은 몹시 추웠다. 땅바닥이 얼어 발끝으로 냉기가 파고든다. 바람도 세차다.

"먹을 걸 빨리 줘!"

"나도!"

한 줄이었던 행렬이 순식간에 허물어져 사람들로 넘쳐나고, 다시 차 주위를 에워싼다. 던지듯 건네는 식량은 거의 낚아채지 않으면 받을 수 없는 지경이었다. 격렬한 그 쟁탈전에 끼지 못한 아이와 어머니는 서로의 몸만 기댄 채 떨고 있었다.

"추워……."

"이리 오렴."

아이를 망토 안으로 끌어들이며 먹을 것을 얻지 못한 모친이 어깨를 떨군다. 식량을 무사히 다 받은 사람들 쪽에서도 탄식의 소리가 들려왔다.

"죽도록 일했는데 고작 이거냐!"

"점점 더 줄어드는 것 같아."

그런 가구야 별 사람들의 모습을 건물과 건물 사이의 좁은 골목에서 진구와 친구들이 몰래 엿보고 있었다. 도라에몽이 한숨을 내쉰다.

"루카가 말한 대로 식량도, 에너지도 부족한가보네……."

"빨리 루카와 친구들을 찾아야만 해."

가구야 별 사람들은 루카가 살고 있는 콜로니에서 보았던 홀로그램 속 고다르 부부처럼 얼굴에 좌우대칭의 특징적인 문양과 더듬이 같은 네 개의 작은 뿔이 있었다. 진구 일행도 머리까지 후드를 뒤집어쓰고 망토를 걸쳤다. 얼굴에 문양을 그려 넣고 가구야 별 사람으로 변장한 채 거리로 잠입했다.

"모조, 루카 일행이 있을 법한 곳으로 안내해줘."

비실이가 물었다. 그러자 모조가 도라에몽의 주머니에서 몸을 반쯤 꺼낸 상태로 선뜻 고개를 저었다.

"제가 가구야 별에 있었던 건 천 년 전이잖습니까. 지금 지리는 모릅니다."

"알잖아!"

"알아야 해!"

어처구니없다는 듯 저마다 한마디씩 하는데, "좋아!" 하고 퉁퉁이가 주먹을 높이 치켜들었다.

"이 몸이 알아 오지!"

"앗! 잠깐, 퉁퉁아!"

모두가 말릴 틈도 없이 바로 배급 행렬 쪽으로 뛰어간다. 줄지어 선 가구야 별 사람들에게 넉살 좋게 퉁퉁이가 "저기요!" 하며 말을 건넨다.

"에스펄이 어디 있어요?!"

퉁퉁이의 직설적인 질문에 도라에몽과 친구들이 서둘러 달려가 그 입을 틀어막았다. 대충 얼버무리려고 애써 웃음 지어 보이는데, 가구야 별 사람들로부터 "뭐~?" 하는 맥 빠진 말이 가볍게 새어 나온다.

"에스펄? 그런 게 있을 리 없잖아. 그런 건 옛날이야기에나 나오는 생물이니까."

젊은 가구야 별 사람이 그렇게 말하자, 그 옆에 서 있던 노인이 "그럴까?" 하며 고개를 갸웃거린다.

"난 있다고 생각하는데. 분명 전설 속 존재일지도 모르겠지만, 믿어야 꿈도 꾸지."

"뭐, 있다고 해도 어차피 평범한 인간일 거야. 그런 점에서 디아볼로 님은 다르지."

"디아볼로?"처음 듣는 이름에 진구 일행이 앵무새처럼 되풀이 말했다. 젊은 가구야 별 사람이 크게 고개를 끄덕였다.

"그래. 뭐니 뭐니 해도 그분은 천 년 전부터 이 별을 다스려온 황제의 핏줄이니까."

"뭐가 황제야!"

갑자기 뒤에서 목소리가 끼어들었다. 보니 가구야 별의 여성이 얼굴을 찌푸리고 있었다. 갓난아기를 어르고 있다.

"이 별이 이렇게 된 것도 원인을 따지자면 그 황제가 전쟁을 반복했기 때문이야."

"바보, 너……."

다른 가구야 별 사람들이 깜짝 놀란 듯 "쉿!" 하고 가로막는다. 병사들 귀를 신경 쓰는지 목소리가 작아졌다.

"그런 소리 하면 감옥에 들어가."

"상관없어. 지금 사는 것도 감옥에 있는 거나 마찬가지니까!"

갓난아기를 어르면서 하는 그 말투가 왠지 처량하게 들린다. 아기를 바라보며 한숨을 쉰다.

"차라리 고더트 님이 이 별을 다스려주셨다면……."

그 목소리에 아까 그 노인도 조용히 한숨을 내쉬었다.

"고더트 님은 우리 같은 사람한테도 친절하게 대해주시지. 그분이야말로 진정 위대한 분이셔."

"고더트……."

진구가 이름을 중얼거리자, "어쨌든." 하며 아까의 가구야 별 남성이 진구 일행의 등 너머 허공을 가리켰다.

"높으신 분들은 전부 저기 있어. 디아팔레스에."

거리 먼 뒤쪽, 땅에서 솟아오른 듯 성채 같은 건물이 하늘에 떠 있었다. 거리 여기저기에서 뻗어 나온 케이블로 연결되어 있다. 약간 휘어 있는 케이블이, 어울리지 않게 크리스마스 파티에서나 사용하는 벽장식 리본처럼 보였다. 그 중앙에 크고 기계적인 꽃이 피어 있는 것 같다.

모든 것이 어두운 색깔을 띤 가구야 별에서 단 하나, 그 성만이 꺼림칙할 만큼 유독 밝았다.

허공에 핀 꽃처럼 거리에 떠올라 있는 디아팔레스.

그 내부의 어두운 감옥 안에서 고더트가 의식을 되찾았다.

몸이 아직도 아프다. 자신이 순간 어디에 있는지 알 수 없었다. 가늘게 신음하며 몸을 일으키다가 누군가가 자신을 들여다보고 있다는 사실을 깨달았다.

머리에서 기다란 귀 같은 센서가 축 늘어진, 작은 에스펄.

고더트를 들여다보고 있던 아루가 눈이 마주치자 당황한 듯 깡총깡총, 방 한구석에 서 있는 루카에게로 달려간다.

"감옥인가……."

디아볼로에게 전기를 맞고 에스펄과 같은 감옥에 갇힌 것이다. 그런 고더트를 보며 루카가 말했다.

"갇힌 사람의 기분을 조금쯤은 알겠지?"

빈정거리는 말투에 고더트가 순순히 고개를 숙였다.

"미안하다……. 이 별을 위해 힘을 빌려주길 바랐는데…… 꼴사납게 됐군."

좀 더 기세등등한 대답이 나올 줄 알았던 루카는 자조적인 고더트의 목소리에 살짝 당황스러웠다. 하지만 계속해서 말했다.

"우리는 결국 다툼의 원인밖에 안 돼! 왜 그걸 모르는 거지?!"

아버지도 어머니도, 그래서 루카 일행을 별 밖으로 쫓아낸 것이다. 루카의 목소리가 작아진다. 자신들은 방해꾼이자 방치되었다는 생각에 몹시 뒤숭숭해진다.

그래서 돌아올 일은 절대 없었는데.

"우리도 좋아서 이렇게 태어난 건 아닌데. 아버지와 어머니도 우리를 만든 걸 후회하셨을지 몰라……."

자신도 모르게 그렇게 말하자, 옆에서 보고 있던 아루가 걱정스럽게, "루카 형……." 하고 중얼거렸다. 달에서 살았을 때는 모두의 리더였기 때문에 애써 아무렇지 않은 척했지만, 가구야 별에 와서 마음이 약해져 있었다.

그러자.

'아니야!!'

세찬 목소리가 들려왔다.

루카와 아루의 마음속으로 그 목소리는 똑똑히 전달되었다. 계속해서 들려온다.

'우리 선조는 너희 존재를 자랑스럽게 생각했어. 너희와 사는 것을 그냥 행복하게 생각했어.'

"방금……."

방금 그건 눈앞에 있는 고더트의 목소리였다. 루카와 아루가 눈을 휘둥그레 뜨고 서로의 얼굴을 쳐다보는데, 고더트가 이상하다는 듯 "왜?" 하고 묻는다.

"우리, 마음의 소리를 가끔 듣거든."

이것 역시 에틸의 힘일 거라고 생각한다. 좀처럼 없는 일이지만 사람들 마음이 들린다. 고더트가 입을 다물었다. 가만히 생각에 잠겨 있는 것 같다가 뭔가를 포기한 듯 천천히 중얼거린다.

"그런가."

고더트가 자신의 투구와 마스크를 벗었다.

맨 얼굴이 루카 일행들 앞에 나타났다.

그 얼굴을 보고 루카가 깜짝 놀란다. 마스크 속 얼굴이 그리운, 이 제 두 번 다시 만날 수 없으리라 생각했던 아버지 고다르 박사와 닮 아 보였다.

고더트가 일어나 갑옷의 가슴께로 손을 넣는다. 안에서 작은 부적 봉투를 꺼내 그 내용물을 손바닥 위에 올려놓는다.

그것은 작은 구슬이었다. 안에서 작은 빛이 새어 나오고 있었다.

"선조 대대로 물려받은 거야."

고더트가 꼭 구슬을 움켜쥐었다. 그러자 구슬 안쪽에서 광선이 발사 된다. 빛이 감옥 한복판을 비추고, 허공에 홀로그램 영상이 펼쳐진다.

와아.

하하하하하하.

즐거워하는 어린아이의 목소리.

금방 알 수 있었다.

그것은 천 년 전의 행복했던 시절, 자신들의 모습이었다. 지금보다 더 어린 외모의 루카와 루나가 고다르 부부에게로 달려간다.

이리 오렴, 하며 어머니가 팔을 뻗어 루나를 안더니 무릎에 올린다.

어디, 하며 아버지가 팔을 뻗어 루카를 안아 든다.

아루와 다른 에스펄들이 그리로 달려온다. 아, 너무해. 나도. 저도
요. 그런 목소리가 들린다.

루카의 팔이, 마음이 떨렸다.

무의식적으로 홀로그램의 영상을 향해 걸음을 옮겨 다가간다. 바
로 거기로 손만 뻗으면 진짜 아버지와 어머니가 있을 것 같았다. 똑
같이 그것을 바라보고 있던 아루가 어찌 된 영문인지 모르겠다는 듯
물었다.

"아버지와 어머니를 알고 있어?"

"난 고다르 박사의 자손이야. 선조 대대로 너희에 대해 전해 들어
왔지."

"전해 들었다는 건……."

고더트가 루카를 바라본다. 그리고 아루와 옆 또는 맞은편 감옥에
갇혀 있을 다른 에스펄들에게 마음이 전해지도록 눈을 지그시 떴다.

"에텔이 나온다는 것만으로 자유를 누릴 수 없게 됐지만, 가능하면
평범한 아이들과 똑같이 키우고 싶었다고, 에스펄은 우리 자식이나
마찬가지라고."

루카의 눈앞에서 홀로그램의 박사와 자신들이 미소를 짓고 있다.

그것을 보기만 해도 안다. 그들이 얼마나 에스펄을 사랑했는지. 자신들이 얼마나 아버지와 어머니를 사랑했는지.

의문 따위는 없었는지도 모른다.

올려다보고 있는 가운데 루카의 눈에서 눈물이 흘러넘쳐 볼을 타고 내렸다.

만날 수 없게 된 아버지와 어머니. 루카와 친구들은 아버지와 어머니를 늘 그리워했다. 그런데 아버지와 어머니 역시 마찬가지였다. 그 두 사람도 아이들을 만나고 싶어 견딜 수 없었을 것이다. 자신들은 방치되었던 게 아니었다. 아버지와 어머니는 에스펄들을 보호하기 위해 탈출시킨 것이다.

"아버지, 어머니……."

홀로그램이 빛에 녹아 사라진다.

아무 말도 없이 고더트가 루카에게로 다가온다. 홀로그램 구슬을 그 손에 건네주었다.

"괜찮다면 네가 가지고 있어줘."

"괜찮겠어?"

"그래. 그러는 편이 그들도 기쁠 거야."

옷소매로 눈물을 닦고 루카가 구슬을 바라보았다. 안에서 반짝반짝, 빛의 입자가 불타오르는 듯한 빛을 봉인하고 있다. 어두운 감옥 안이라 그 빛은 더욱 밝게 보였다.

"그리고 또 하나, 예언에 대한 것도 들었어."

고더트가 진지한 표정이 되어 다시 루카를 보았다.

"예언?"

동료 중에서 예언할 수 있는 능력자는 아루뿐이다. 루카와 아루가 서로의 얼굴을 쳐다본다. 고더트가 말했다.

"'일천의 시간을 지나 친구와 함께 돌아오리라. 일천의 토끼가 쏟아져 내려 빛의 대지를 회복하리라.'"

고더트가 노래하듯 말했다. 빛을 잃은 어두운 가구야 별의 대지를 그 마음에 그려본다.

"에스펄은 전설 속 가공의 생물이라고 말하는 사람도 요즘은 많아. 실제 존재한다 해도 우리와 같은 평범한 인간일 거라고. 오랜 세월을 거치면서 에텔의 존재조차 수많은 가구야 별 사람들은 환상이라고 생각하고 있지."

고더트의 설명에 루카가 입을 다문다.

"하지만 나는."

고더트가 아루와 루카를 차례대로 바라보았다. 그리고 말했다.

"이 예언이 있었기 때문에 더욱 너희를 찾아 돌아다녔다."

디아팔레스의 아래쪽.

철벽의 수비를 자랑하는 요새 아래서 진구 일행은 발만 동동거리고 있었다.

"어디로 들어가는 거야? 입구가 없어."

공중에 떠 있는 디아팔레스는 바로 밑에 있는 탑까지는 갈 수 있어도 그다음 입구를 알 수가 없었다.

어디를 보아도 일단 문 비슷한 것이 없다. 보이는 건 그저 하나의 바위 덩어리 같은 반들반들한 성의 밑바닥뿐. 퉁퉁이의 중얼거림에 비실이가 어깨를 으쓱인다.

"루카처럼 초능력을 쓸 수 있으면, 안의 상태도 알 수 있을지 모르는데."

"맞다, 도라에몽. 초능력을 쓸 수 있는 도구는 없어?"

"있기는 한데……."

진구의 물음에 도라에몽이 썩 내키지 않는다는 듯 주머니에 손을 넣는다. 꺼낸 것은……

"'초능력 모자'!"

위쪽에 장갑을 낀 손 같은 것이 달린 신기하게 생긴 모자였다. 도라에몽이 설명한다.

"이 모자를 쓰면 세 가지 초능력을 쓸 수 있어. 첫 번째가 투시. 멀리 떨어져 있거나 가려져 있는 보이지 않는 걸 볼 수 있는 능력. 두 번째는 염력. 손을 대지 않고도 물건을 움직일 수 있지. 세 번째가 순간이동. 모습을 감추는 것과 동시에 떨어져 있는 다른 장소에 나타날 수 있는 능력이야."

"재미있을 것 같다! 내가 해볼게!"

진구가 지체 없이 손을 들었다.

"그건 좋은데……." 하며 건네주는 도라에몽은 여전히 썩 내키지 않는 듯했다.

"이 도구는 연습하지 않으면 사용할 수가 없어."

"일단 해보지 않으면 모르잖아. 좋아, 우선은 투시다!"

디아팔레스 위의 벽을 올려다보며, 진구가 간절히 기도한다.

"보여라, 보여라, 보여라! 입구, 보여라! 으으으으……."

그때였다.

두런두런 이야기 소리가 들려왔다.

"그래서 말했잖아. 오늘은 신나게 축하 파티하자고!"

"하지만 고더트 대장님이 오실까?"

"내가 억지로라도 모시고 올게. 어쨌든 에스퍼를 찾았잖아. 불만 있을 리가 있나."

고더트 부대의 고참 부하, 크라브와 캔서였다.

"누가 온다!"

목소리를 들은 도라에몽과 친구들이 재빨리 그늘 속으로 몸을 숨겼다. 하지만 '초능력 모자'를 쓴 채 투시에 푹 빠져 있는 진구는 눈치채지 못했다.

"아아, 그나저나 대장님이 늦으시네. 어떻게 된 거지……."

캔서가 그렇게 말하며 고개를 앞쪽으로 돌렸다. 그러자.

"야! 저거 뭐지?!"

두 병사가 마침내 진구의 존재를 깨달았다.

"으으으, 보여라, 보여라!"

"진구……!"

"저 바보……!"

한창 정신이 팔린 진구에게는 그늘 속에서 모두가 속삭이는 목소리가 귀에 들어오지 않았다. 열심히, 눈을 가늘게 뜨고 벽을 노려보며 투시에 집중한다. 그런 보람이 있어서인지 드디어 진구의 시야에서 성의 벽이 희미하나마 조금 제거되었다.

"보인다!"

진구가 자신도 모르게 두 팔을 치켜들고 기뻐한 그 순간.

척 하고 총을 들이대는 소리가 귀 바로 근처에서 들려왔다.

"움직이지 마!"

"히이익!"

뺨에 닿은 차가운 총의 감촉에 상황을 비로소 알아챈 진구가 펄쩍 뛰었다. 그 얼굴을 본 크라브와 캔서가 저마다 소리쳤다.

"이놈, 에스펄과 함께 있었던 놈이야……."

"어떻게 여기까지 왔지?"

"저, 저, 저……."

갑작스러운 심문에 진구는 패닉 상태였다. 허둥대며 손가락을 위로 향한 채 어두운 구름에 대고 말한다.

"염력!"

그 순간, 왠지 진구의 바지가 쑤욱 하고 벗겨졌다. 발목까지 내려간 바지에 진구가 얼굴을 붉히며, "아, 아, 아." 하고 더욱 패닉 상태에 빠진다. 긴박한 상황인데도 "잠깐, 타임!" 하며 서둘러 바지를 끌어 올렸다.

"이 녀석……."

"덜떨어진 초능력자였나……."

"이번에야말로~!"

진구가 정신을 다시 가다듬고 "얍!" 하고 두 팔을 크라브와 캔서 쪽으로 휘둘렀다. 그러자 이번에는 진구뿐만 아니라 두 병사를 포함한 세 명의 바지가 주룩 하고 흘러내려 모두 팬티 차림이 되었다.

"히익!"

"뜨아!"

"흐메!"

소리치는 세 사람을 보면서 그늘 속 비실이가 "뭐하는 거야……."

하고 중얼거린다. 도라에몽과 퉁퉁이도 걱정을 넘어 어이가 없다는 표정이다.

"너…… 이, 화났어!"

"까불지 마!"

병사들이 바지를 올리며 진구를 향해 다시 총을 겨눈다. 진구는 눈을 감았다. 절체절명의 순간! 턱을 당기고 어깨에 잔뜩 힘을 준다. 그리고 소리쳤다.

"순간이동! 이얍!"

머리칼을 곤두세우며, 까치발이 된 진구의 머리 위에서 모자가 빛났다.

파앗- 진구의 모습이 사라진다. 다만, 허물을 벗듯 그 자리에 옷만 남기고.

크라브와 캔서가 어리둥절해 하는 사이 진구의 몸은 디아팔레스 내부로 이동해 있었다. 발가벗은 채 갑자기 나타나 "어라라라? 어라라." 하고 소리치며 힘차게 밑으로 추락한다.

그러고는 진구의 엉덩이가 건물 입구에 해당하는 엘리베이터 위로 떨어졌다. 진동을 느낀 엘리베이터 바닥이 위잉, 소리를 내며 빛난다. 진구의 추락이 신호가 된 듯 엘리베이터가 기세 좋게 작동한다.

밑에 있던 크라브와 캔서 바로 위로 엘리베이터가 내려갔다.

"아아아앗!"

위쪽에서 다가오는 엘리베이터를 깨닫고 두 병사가 비명을 질렀다. 진구를 태운 엘리베이터가 쿠웅- 하고 소리를 내며 두 사람을 짓눌렀다.

"됐어! 입구를 발견했어!"

발가벗은 채 천진난만하게 기뻐하는 진구의 모습에, 처음부터 끝까지 다 지켜보았던 도라에몽이 그늘 속에서 얼굴만 살짝 내밀고 머리를 긁적였다.

"뭐, 결과만 좋다면야……."

기절한 크라브와 캔서를 남기고 진구가 옷을 주워 몸에 걸쳤다. 모두 함께 엘리베이터로 디아팔레스 안으로 들어갔다.

목표는 이 안에 갇혀 있을 루카 일행이었다.

진구의 머리에 있는 '초능력 모자'가 그 손을 화살표처럼 움직여 길을 일러주었다.

"이쪽이다!"

"틀리면 혼날 줄 알아!"

비실이와 퉁퉁이는 그렇게 말하면서도 모자가 가리키는 방향으로, 미로와도 같은 복도를 걸어갔다. 디아팔레스 안은 마치 옛날이야기에 나오는 오래된 저택 같았다. 건물 안에는 널찍한 정원과 큰 연못이 있어서, 마치 이 요새가 하나의 거리이거나 도시라도 되는 것 같앉다.

도라에몽 일행은 눈치채지 못했다.

그 건물 속 한 지붕 밑에서 뒤룩뒤룩 마치 자신들을 감시하는 듯한 거대한 눈이 빛나고 있다는 것을.

황제의 방, 디아볼로가 중얼거리는 육중한 목소리가 옥좌에서 울려 퍼졌다.

"호오……, 이물질이 들어왔는가."

감옥 안, 고개를 숙이고 있는 루카 일행에게 누군가가 달려오는 발소리가 들려왔다.

대체 무슨 일일까? 그렇게 생각하며 감옥 안에서 몸을 내민 루카와 아루의 눈에 믿을 수 없는 광경이 날아들었다.

"너희는!"

"도와주러 왔어."

도라에몽, 진구, 퉁퉁이, 비실이.

지구인 모두가 달려온다.

"'탈출 굴렁쇠'!"

도라에몽이 감옥 벽에 찰싹 밀착하자, 좋아서 어쩔 줄 몰라 하며 아루가 먼저 굴렁쇠를 통과한다. 눈물을 글썽거리며 퉁퉁이에게 매달린다.

"퉁퉁아!"

"울지 마, 아루. 잘 버텼어."

"진구야……."

굴렁쇠를 통과하여 루카가 나온다. 루카의 눈도 눈물로 젖어 있었다.

"설마 여기까지 올 줄이야……."

"말했잖아? 친구라고."

두 사람이 서로의 손을 맞잡고 감격에 겨워 더 말을 잇지 못하고 있는데, 진구의 호주머니에서 모조가 뛰쳐나왔다.

"루카!" 하고 소리치며 루카의 어깨 위, 자기 위치로 올라가 가슴을 활짝 편다.

"제가 안내하겠습니다, 제가!"

"눈치 한번 빠르다니까……."

도라에몽이 어이없다는 듯 그렇게 말하자 분위기가 한결 훈훈해진다.

그런 모두를 바라보며 순간 자세를 바로 하는 자가 있었다.

"에스펄의 친구……."

고더트가 중얼거린다. 그 얼굴을 본 순간, 도라에몽과 진구가 펄쩍 뛰었다.

"이 자는…!"

"달에서 공격해 온 가구야 별 사람!"

"잠깐만!"

공격 자세를 취하는 도라에몽과 친구들을 향해 루카가 고더트를 비호하듯 두 팔을 벌린다.

"고더트는 속고 있었을 뿐이야! 그는 아버지와 어머니의 자손이자 우리 편이야. 아버지한테 부탁받은 걸 우리한테 주었어."

루카가 홀로그램 구슬을 보여주자 도라에몽과 나머지 아이들이 당혹스러웠는지 서로의 얼굴을 쳐다보았다. 루카가 설명했다.

"아루가 옛날에 했던 예언이 있는데, 그 예언에 의지하여 우리를 찾아다녔던 모양이야. 우리는 아마 천 년 동안 가구야 별에서는 전설처럼 이야기됐던 모양인데……."

―일천의 시간을 지나 친구와 함께 돌아오리라. 일천의 토끼가 쏟아져 내려 빛의 대지를 회복하리라.

예언의 말을 듣고 도라에몽이 생각에 잠긴다. 아루에게 묻는다.

"어떤 의미지?"

"그게, 아루도 잘 몰라."

루카가 대답했다. 아루는 미안한 듯 고개만 갸웃거리고 있을 뿐이다. 자신이 예언한 것조차 기억나지 않는 모양이었다.

"하지만." 하고 퉁퉁이가 머리를 긁적였다.

"'친구'는 알겠는데 '일천의 토끼'는 뭐지?"

"에스펄을 말하는 거 아닐까?"

"에스펄은 열한 명밖에 없잖아."

진구가 그렇게 말하자, 비실이가 어깨를 으쓱인다.

"너희가 예언에 나오는 에스펄의 친구라면……"

기대에 찬 눈으로 고더트가 말했다.

그러자, 갑자기 땅울림과도 같은 낮은 목소리가 들렸다.

"예언의 친구라면 어떻다는 말인가, 고더트?"

고더트의 표정이 험상궂게 변한다. 이 별의 황제, 즉 디아볼로의 목소리임을 그 자리의 모두가 알았다. 모두가 긴장한다.

우선 펄쩍 뛴 것은 퉁퉁이었다.

"야! 이 고물아! 어디 있냐?! 머나먼 지구에서 찾아왔다. 모습을 보여라!"

"고물이 아니라 디아볼로야……."

비실이가 작은 목소리로 덧붙인다.

그러자 갑자기 감옥 위, 기둥과 기둥 사이에 거대한 눈알이 나타났다. 그 기분 나쁜 눈을 지그시 뜨면서 디아볼로의 목소리가 말을 잇는다.

"그렇군. 너희는 지구인이었던 건가. 에스펄을 데리고 나가려 하다니, 깜찍하군. 나의 힘을 보여주마!"

지붕의 일부가 균열을 일으키고, 번개가 도라에몽과 친구들 머리 위에서 빛난다. 아슬아슬하게 피하기는 했지만 발밑으로 저릿저릿 충격이 전해왔다.

"와아!"

"그만둬! 그들이 예언의 친구라면 이 별에 빛을 되찾아줄지도 몰라!"

"그런 거 되찾아봤자 방해만 된다. 어리석은 백성들은 그저 짐에게 빛과 에너지를 나누어 달라고 엎드려 빌면 돼."

고더트의 필사적인 외침을 비웃듯 디아볼로가 말한다. 도라에몽의 표정이 일그러진다.

"나쁜 놈이군!"

"이 자식!"

퉁퉁이가 눈알을 휘갈기려 한다. 그러자 고더트가 손을 뻗어 퉁퉁이를 제지했다.

"저건 실체가 아니야. 디아볼로는 황제의 방에 있다!"

몸을 숙이며 검을 뽑는다. "핫!" 하는 기합과 함께 벽의 눈알을 벤다. 커다란 충격과 함께 눈알이 사라졌다. 고더트가 돌아보았다.

"이제부터 디아볼로를 쓰러뜨리러 간다. 놈이 있는 한 이 별에 미래는 없어!"

"그럼 나도!"

루카가 고더트 앞에 섰다. 그 눈에서는 확고한 결의가 보였다.

"이 별은 아버지와 어머니가 사랑한 별이니까."

고더트는 아무런 말도 하지 않았다. 루카의 강렬한 눈빛에 압도된 고더트의 귀에 이런 목소리도 들려왔다.

"그럼 우리도."

진구의 목소리였다. 루카와 고더트가 돌아보자 진구와 친구들 모두가 비밀 도구의 무기를 손에 들고 있었다. 진구는 공기를 뭉쳐 날리는 '공기 대포'. 퉁퉁이와 비실이는 강력한 접착제를 발사할 수 있는 '순간접착총'. 도라에몽은 어떤 것이든 훌쩍 피할 수 있는 '방패 망토'를 몸에 걸쳤다.

"너희……."

루카의 말에, 모두가 희미하게 웃고 있다. 도라에몽이 아루에게 '탈출 굴렁쇠'를 맡긴다.

"아루는 여기 남아서 다른 에스펄들을 도와줘."

"응!"

"그럼 가자!"

고더트의 말을 신호로, 모두가 "그래!" 하고 소리치며 황제의 방으로 향한다.

그러나 황제의 호위무사들도 가만히 있지는 않았다.

안쪽 통로에서 하나둘 하얀 옷에 검은 신관 모자, 그리고 두건을 두른 호위무사들이 다가온다. 버선을 신은 발이 바닥을 미끄러지듯 재빨리, 이쪽을 향해 이동해 온다.

"핫!"

선두의 고더트가 가벼운 몸놀림으로 그들을 피하며 순식간에 호위무사 품으로 파고들었다. 검을 휘두르자 황제의 호위무사가 그 자리에서 쓰러진다.

"엄청나다……."

도라에몽 일행이 화려한 검 솜씨를 구경하고 있는데, 등 뒤에서 다시 사뿐히 걷는 듯한 소리가 들려왔다. 돌아보자 새로운 황제의 호위무사들이 다가오고 있었다. 협공이었다.

말없이 다가오는 호위무사들에게는 위압감이 있었다. 그 손을 일제히 이쪽으로 향하자 번갯불이 손가락 끝에서 발사된다. 그 빛을 도라에몽이 모두의 앞에 서서 한꺼번에 막아주었다.

"'방패 망토'!" 망토에 모인 번개의 빔을 망토를 휘둘러 되쏘아준다. 그 빛에 맞은 호위무사들이 동시에 쓰러지며 침묵한다.

"제법인데, 도라에몽!"

"하지만…… 끝이 없어!"

황제의 호위무사들이 쓰러진 그 너머에서 새로운, 같은 옷차림의 호위무사들이 순식간에 몰려온다.

퉁퉁이가 '순간접착총'을 들었다. 모두에게 말한다.

"여기는 나와 비실이가 막을게."

"앗?!"

놀라는 비실이는 개의치 않고 퉁퉁이가 계속 말한다.

"다들 먼저 가!"

"알았어!"

"부탁한다!"

두 사람에게 맡기고 달려가는 모두의 뒤에서, 퉁퉁이가 "쏴! 비실아!" 하는 목소리와 "에라, 모르겠다!" 하고 소리치는 비실이의 울음 섞인 목소리가 들려왔다. '순간접착총'에서 접착제가 발사되는 소리가 들린다. 황제 호위무사들의 앞길을 막는다.

황제의 옥좌는 부자연스러울 정도로 조용했다.

"디아볼로는 주렴 안에 있어! 방심하지 마!"

고더트가 이끄는 대로 모두는 커다란 연못에 걸려 있는 다리 끝까지 달려갔다. 고색창연하면서도 장엄한 방, 다리 너머에 주렴이 내려와 있다. 그 뒤에 있는 것은 불길하기 짝이 없는 극채색의 공간이었다.

"승부다, 디아볼로! 나와라!"

주렴 앞에서 고더트가 소리쳤다. 그러자 희미하게 주렴 너머가 빛났다. 거기에 자리하고 있는 디아볼로의 모습이 보인다.

"기세등등하군, 고더트. 좋아. 저승 선물로 보여주마. 짐의 모습을."

디아볼로가 뼈만 앙상한 오른손을 슬쩍 들어 천천히 주렴을 들춘다. 그 밑으로 안개가 흘러나온다. 안개가 끼는 것과 동시에 신기하게도 디아볼로의 몸이 사라졌다. 모습이 보이지 않게 된다.

"!"

모두가 숨을 삼켰다.

한편 그 무렵.

도라에몽과 다른 친구들만 먼저 가게 한 퉁퉁이와 비실이는 쓰러뜨려도 쓰러뜨려도 샘솟듯 계속 나타나는 황제의 호위무사들과 악전고투를 벌이고 있었다.

황제의 호위무사들은 감정이 없는 듯 쓰러지면서도 비명 한 번 지르지 않았고, 그저 계속 보충되기만 했다.

철컥, 철컥, 방아쇠를 아무리 당겨도 반응이 없다. 퉁퉁이가 "제길!" 하고 분한 듯 중얼거린다.

"총알이 다 떨어졌어! 이렇게 된 이상……."

총을 버리고 근처에 있던 건물의 부러진 기둥으로 손을 뻗는다. 힘 주어 꺾으며, "이 자식들!" 하며 내리쳤다. 황제의 호위무사들 목에 정확히 명중한다.

맥 빠질 정도로 어이없이 호위무사의 목이 몸통에서 떨어지며 날아갔다.

"앗?!"

목이 날아가 데굴데굴 그 자리에서 뒹군다. 목의 밑 부분에서 파란 불꽃이 튄다. 접속 코드가 무수히 나타나고, 그것이 불꽃을 일으키는 듯 치치치− 하는 소리가 났다. 신관 모자와 복면을 쓴 얼굴이 드러난다. 파칫파칫− 하며 소리가 폭발한다. 그 얼굴은⋯⋯

"로, 로봇?!"

비실이와 퉁퉁이가 신음했다. 머리를 잃은 상태인데도 황제의 호위무사들은 말없이 퉁퉁이와 비실이에게 손을 뻗는다. 그 이상한 광경 앞에서 두 사람은 비명을 질렀다.

"와아!"

"인간이 아니잖아!"

감정이 없는, 인형처럼 냉철한 움직임으로 황제의 호위무사들이 서서히 퉁퉁이와 비실이를 덮쳐온다. 두 사람을 꼼짝 못하게 만든다.

주렴이 올라가고 나타난 것은 바로 기계.

거대한 컴퓨터 같은 기계적인 공간이 주렴 너머에 펼쳐져 있었다. 마치 거대한 탈것의 조종석 같다.

거기에 아까부터 지켜보고 있었을 디아볼로의 모습은 없었다.

"디아볼로가 없는데?!"

모습을 찾아 주위를 둘러보던 모두의 귀에 엄청난 웃음소리가 울려 퍼졌다.

하하하하하하, 하하하하하하하하.

어디에서 들려오는지 알 수가 없다. 그것은 방 전체에서 자신들을 집어삼킬 듯한 무시무시한 웃음소리였다.

"어디냐?!"

다리 아래 물이 꿈틀댄다. 부글부글— 하고 뭔가가 안에 있는 것처럼. 꿈틀거림은 이윽고 거대하게 부풀어 오른 물이 되어 수면을 들어올렸다. 물속에서 거대한 공 모양의 물체가 나타났다.

"!!"

그 모습을 보고 모두가 숨을 삼켰다.

공이 상승한다. 그 안에서 보이는 것은 디아볼로. 하지만 그 디아볼로의 목 아랫부분은 없다.

"머, 머리만?!"

"어떻게 된 거지?"

진구가 기겁하며 올려다보는 옆에서 고더트가 할 말을 잃은 채 눈만 크게 뜨고 있다. 안개 상태의 물이 주변으로 흩어졌다.

디아볼로가 소리 높여 선언한다.

"짐은 파괴를 관장하는 신. 파괴야말로 나의 사명. 신인 짐을 거스르려 하다니 건방지도다. 인간도, 에스펄도 짐에 비하면 한낱 미약한 생물이거늘. 에텔이 짐을 움직일 수 있도록 사용된다는 걸 영광으로 알라."

그 말에 도라에몽의 표정이 바뀌었다. 퍼뜩 놀란 듯 디아볼로를 본다.

"알았다! 디아볼로의 정체는 인공지능을 가진 기계였어. 아마도 천 년 전에 만들었다는 파괴 무기 자체……."

"하하하하하하하하! 잘도 알아챘군. 그때 이 별의 '달'을 파괴한 것은 짐이었다."

"무슨 소리야……."

상승하는 디아볼로의 머리를 앞에 두고, 고더트가 힘없이 무릎을 꿇는다.

"우리는 이런 것에게 천 년 동안이나 지배당했다는 것인가……."

"가구야 별 사람들에게서 이 별을 빼앗은 건가!"

도라에몽이 소리쳤다. 그 말을 디아볼로가 웃음으로 넘겨버린다.

"빼앗다니, 천만의 말씀! 짐은 가구야 별 사람들에 의해 만들어졌다. 그자들의 상상력이 파괴를 만들어낸 것이다. 안 그런가, 에스펄?"

디아볼로의 머리가 입맛을 다시며 황홀한 듯 루카를 바라본다.

"에스펄의 힘도 마찬가지. 가구야 별 사람들의 욕심이 만들어낸 것이다."

루카는 묵묵히 입술을 깨물고 있었다. 분하다, 분하다, 분하다. 하지만 터무니없는 이 상황 앞에서 말이 나오지 않았다. 그런 그때였다.

"아니야!" 하는 또렷한 목소리가 들려왔다.

도라에몽이 모두의 앞으로 나섰다.

"상상력은 미래야! 인간에 대한 배려고! 그것을 포기했을 때 파괴가 생겨나는 거야!"

"도라에몽……."

진구와 루카가 도라에몽의 뒷모습을 바라본다. 그러자 디아볼로가 번쩍- 하고 새빨간 눈을 부릅떴다.

"닥쳐라!"

머리칼이 곤두서고 눈이 분노로 불타듯 빛난다.

"에텔은 짐의 피다! 살이다! 공급을 방해하는 건 누가 됐든 용서할 수 없다!"

그 목소리와 함께 물속에서 거대한 코드가 꿈틀거리며 출현한다. 몇 가닥의 코드가 진구 일행을 덮쳐온다. 끝부분이 가위처럼 잔뜩 갈라진 그 모습은 거대한 뱀이 머리를 꼿꼿이 치켜들었을 때의 모습과 흡사했다.

모두가 다리 위에서 뛰어올랐다.

'대나무헬리콥터'로 도망치는 진구를 코드가 방해한다. 겨우 피해 가며 도망쳤지만 하나를 피하자 다른 또 하나가 진구의 몸을 사로잡았다.

"아!"

"진구야!"

비명을 지르는 진구를 도라에몽이 올려다보았지만, 그 도라에몽도 이미 다른 코드에 끼어 꼼짝도 하지 못하는 상태였다. 분한 듯 신음한다.

"이놈은 컴퓨터만이 본체가 아니야. 이 디아팔레스 자체가 이놈의 본체야. 여기는 디아볼로의 몸속이나 마찬가지라고……."

날지 못하는 고더트를 안고 루카가 도망친다.

"난 신경 쓰지 마! 그냥 도망쳐!"

고더트가 소리쳤지만 그 외침까지 통째로 거대한 코드가 두 사람을 휘감듯 스치며 루카와 고더트의 몸을 칭칭 묶었다.

코드 안에서 푸르스름하게 빛나던 루카의 에텔이 희미해지다가 마침내 사라진다.

모두가 잡혔다.

"와하하하하하하하하하하하하하하하핫!"

닿을 곳 없는 디아볼로의 새된 웃음소리가 디아팔레스 안에- 그리고 가구야 별 하늘에 메아리쳤다.

짙게 드리운 구름 속으로 그 목소리가 빨려 들어간다.

막간 interlude

_____

달의 토끼 왕국.

무빗들의 왕국에 있는 노빗의 집에서는 이슬이 루나의 다리를 치료하고 있었다.

루나의 상처는 생각보다 깊었다. 이런 상태로 우리를 도망치게 도운 건가 생각하면 미안함과 고마움으로 가슴이 먹먹해진다. 하지만 그 상처도, '의사 선생님 가방'의 연고와 붕대 덕분에 상당히 좋아졌다.

잠든 루나가 뻗은 다리에 손을 올려 상처 위 테이프를 벗겨냈다.

이슬이 안심한 듯 중얼거렸다.

"역시 도라에몽의 도구야. 상처가 거의 나았어."

위층에서는 쿵쿵, 탕탕 하는 소리가 아까부터 계속 들려오고 있었다. 잠든 루나를 두고 이슬이 계단을 올라가자 너무 큰 게 아닐까 싶을 정도로 커다란 고글을 쓴 노빗이 작업에 열중하고 있었다.

"노빗, 뭐 하는 거야?"

이슬이의 목소리도 알아채지 못한 채 손에 있는 뭔가를 치치칙, 하고 인두로 녹이는가 싶더니 깡깡깡깡- 하고 요란한 소리를 내며 쇠망치로 두들기고 있었다.

"노빗은 발명을 좋아하는구나……."

어휴, 하고 신음하고 나서 문득 자신의 가슴에 단 '이설 클럽 멤버스 배지'를 찬찬히 바라보았다. 지금은 적응등 불빛을 받고 있어서 달에 있는데도 숨 쉴 수 있다. 하지만 이 배지가 없으면 이 토끼 왕국에 올 수 없는 것이다.

"그나저나 참 신기한 배지야. 이게 없으면 토끼 왕국도, 무빗들도 보지 못하다니……."

배지가 없는 상태에서 보면 이 왕국은 어떻게 보일까. 별생각 없이 이슬이가 시험 삼아 배지를 떼자 주변에서 팟 하고 빛이 사라졌다.

별빛뿐인 달세계로 시야가 단숨에 교체된다.

하지만…… 문득 오른쪽에서 누군가의 시선을 느꼈다. 보이는 모든 것이 겉모습을 바꾼 세계 안에서 희미하게 빛나는 것이 있었다.

"앗?!"

이슬은 자신의 눈을 의심했다. 한 송이 꽃을 든 노빗이 당당하게 서 있었다. 빛은 그 꽃에서 나오는 것이었다.

"노빗? 어떻게 너만 보이는 거지?"

대기가 없기 때문에 달에서는 소리가 전달되지 않는다. 노빗이 열심히 손을 움직이고, 뻐끔뻐끔 벌린 입에서 '노비비, 노비비비비!' 하는 소리 아닌 소리가 들려오는 것 같았다.

노빗이 열심히 자신의 가슴을 가리킨다. 거기에 배지가 있었다.

순간 자신이 달고 있는 것과 같은, '이설 클럽 멤버스 배지'인가 생각했다. 하지만 뭔가가 달랐다.

……마크야.

이슬이 가슴에 단 이설 배지는 알파벳 'e'와 비슷한 마크였지만 노빗의 가슴에 있는 것은 'T'와 비슷하게 보였다.

"그 배지는……."

이슬이가 손짓 발짓을 동원해 부탁해본다.

"노빗, 배지 좀 한번 떼어볼래?"

손을 들고 노빗이 고개를 끄덕인다. 가슴의 배지를 뗀다.

그러자 그 순간, 팟 하고 노빗의 모습이 시야에서 사라졌다. 눈앞에서 없어졌다.

"반대……!"

이슬의 입에서 신음이 새어 나왔다.

……이건 반대야!

진구의 안경도, '스페이스 카트'도. 노빗이 만드는 건 늘 반대. 모두 그렇게 말하며 웃었다.

이슬이가 서둘러 원래대로 배지를 가슴에 달았다. 그 순간, 시야로 토끼 왕국이 돌아왔다. 아까까지 있었던 노빗의 방이 있던 세계로 돌아왔다.

소리와 빛이 있는, 이설의 토끼 왕국 세계에서 이슬이가 넋을 잃고 생각한다.

평범하게 살고 있는 자신들의 세계는 정설의 세계. 세상 사람들이 '이게 옳다'고 여기는 것들 속에서 사는 정설의 세계에 다른 세계의 가능성은 끼어들 틈이 없다. ……보통이라면.

하지만, 만약 그 '보통'이 뒤집힌다면?

배지의 힘으로, 자신들은 지금 정설의 세계에서 이설의 세계로 와 있다.

그렇다면 그 반대는…….

이슬이가 퍼뜩 깨달은, 그때였다.

앵, 앵, 앵, 앵.

벌레가 날개를 퍼덕이는 듯한, 커다란 진동음이 전해온다.

이슬이가 서둘러 루나가 잠든 지하실로 돌아왔다. 계단을 뛰어 내려가는 도중 잠에서 깨어난 루나의 필사적인 목소리가 들려왔다.

"이슬아! '예감 벌레'가!"

그 얼굴이 새파랗다.

"큰일 났어!"

이슬이도 소리쳤다.

도라에몽이 남겨놓고 간 긴급 도구.

만약 모두에게 무슨 일이 생겼을 때는, 위기를 알리기 위해 소리를 낸다. 그게 지금 요란하게 울고 있었다.

이슬이가 두 손을 기도하듯 꼭 쥔다. 루나에게로 달려간다.

"대체 어떻게 하면……."

하늘을 우러러보듯 위를 향한 그때.

"그래, 혹시……!"

노빗의 모습이 눈에 들어왔다.

앵, 앵, 앵…….

위기를 알리는 알람이 끊임없이 계속 울어대고 있었다.

제5장. 빛의 대지

디아팔레스 처형장.

디아볼로의 머리가 홀로그램으로 표시된 시커먼 공이 그 공간 한복판에 자리하고 있다. 디아볼로의 인공지능을 봉인해놓은 그 공이 어쩌면 디아볼로 본체라고도 할 수 있을 것 같았다. 사악한 지능을 가진, 모든 사태의 원흉. 그 디아팔레스의 중심, 핵.

주위를 거미줄 모양의 케이블로 연결한 공 안에서 노인의 얼굴이 유쾌한 듯 일그러진다.

"영광으로 생각하라. 너희 몸을 녹여 짐의 일부로 삼아주지."

"녹인다고?!"

도라에몽을 비롯한 지구인과 고더트, 모조는 지금 처형장 위쪽에 매달린 새장 같은 우리 안에 갇혀 있었다.

발밑으로 이상한 소리와 열기가 전해온다. 아래를 보니 부자연스럽게 부글거리는 소리가 난다. 끓어오르는 액체 금속의 연못이 마치 자신들을 기다리고 있는 것 같다.

"농담하지 마!"

"기계 같은 거 싫어!"

퉁퉁이와 비실이가 비명을 지른다. 도라에몽도 소리쳤다.

"에스펄들은 어디로 보냈어?!"

갇혀 있던 감옥 안에 루카 일행의 모습은 없었다. 디아볼로가 상당히 만족스러운 듯 눈을 가늘게 뜬다.

"에스펄? 에스펄이라면 여기에 있지. 짐의 피와 살이 되어……."

디아볼로가 처형장의 벽을 보았다. 튜브와 코드가 수없이 연결된 기계적인 벽. 그 벽의 문양처럼 보이던 장소가 안개로 변한다. 표면을 덮은 검은 막이 사라졌다.

그 광경에 도라에몽과 친구들이 경악의 비명을 질렀다.

"너희……!"

"루카!"

"아루!"

문양처럼 보였던 건 투명한 …… 마치 관 같은 케이스였다.

안에 있는 것은 의식을 잃은 에스펄들이다. 케이스 안에서 몇 줄기 코드로 연결되어 있다. 마치 포르말린 용액 속의 표본 같았다. 연결된 코드가 푸르스름한 빛을 발한다.

관에서 뻗어 나온 수많은 코드의 한복판에 있는 것이 디아볼로의 지능을 봉인한 핵심 공, 코어볼이었다. 마치 거미가 자신의 거미줄에 걸린 먹이로부터 양분을 빨아들이는 것 같다.

그 광경을 보다 못한 도라에몽이 외쳤다.

"모두에게 무슨 짓을 한 거야?!"

디아볼로는 대답하지 않았다. 에스펄들에게서 뻗어 나온 푸르스름한 코드의 빛이 디아볼로 안으로 쏟아져 들어간다. 몸을 떠는지, 떨리는 목소리가 새어 나온다.

"아아……. 천 년 만에 보는 에텔 맛은 정말 특별하군."

노인이었던 디아볼로의 얼굴에 변화가 나타났다. 피부색이 되살아나고, 주름과 수염이 사라지면서 눈에서 힘이 넘쳐난다.

"젊음을 되찾고 있어……!"

비실이가 멍한 목소리로 중얼거렸다. 어리둥절할 정도로 그로테스크한, 무시무시한 광경이었다. 우리의 쇠창살을 붙잡으며 도라에몽이 분한 듯 말한다.

"에스펄들의 에텔을 빨아들이고 있어……."

"빨리 막아!"

"좋아!"

진구가 그렇게 말하자 도라에몽이 주머니 속으로 손을 넣으려 했다. 하지만. 그 손에 휑한 감촉만이 돌아왔다. 도라에몽이 놀란다.

"주머니가 없어!"

"아앗~!!"

"하하하하하."

디아볼로의 웃음소리가 메아리친다.

"찾고 있는 게 이것인가?"

코어볼 앞으로 크리스털 케이스가 밀려 나온다. 안에 들어 있는 것은 '4차원 주머니'. 그밖에 아까까지 진구가 들고 있던 '공기 대포'며 '방패 망토', 고더트의 검도 있다.

"어느새……."

뿌드득 하고 이를 가는 도라에몽 앞에서 디아볼로가 속이 훤히 들여다보인다는 듯이 여유만만하게 웃는다.

"마지막으로 무슨 할 말은 없는가?"

고더트가 어금니를 깨물면서도 의연하게 말했다.

"가구야 별의 백성들이 언젠가 당신을 몰아낼 거야!"

"같은 기계로서 내가 부끄럽다!"

도라에몽이 버둥버둥 온몸을 움직이며 외쳤다.

"고물……. 너덜너덜하게 만들어주고 싶었는데!"

"싫어, 싫어, 싫어! '사자가면' 마지막 회도 못 봤는데!"

퉁퉁이가 그렇게 말하고, 진구가 울부짖는데, 그 어깨 위에서 모조가 "괜찮겠습니까? 저는 멸종위기종입니다만?!" 하고 호소했다.

비실이가 "엄마!" 하고 외치는데, 디아볼로의 얼굴에서 웃음이 사라졌다.

"때가 됐도다……. 미카드로이드여."

디아볼로가 밑에 있던 자신의 호위무사를 부른다. 감정이 없는 호위무사들 역시 미카드로이드라는 이름의 로봇이었다. 디아볼로가 뻔뻔스럽게 웃는다. 그리고 말했다.

"죽여라!!"

그 말을 신호로, 미카드로이드가 조작 패널에 손을 올린다. 퐁, 하는 가벼운 소리가 나고 끓어오르던 바닥의 뚜껑이 완전히 열리자 진구와 친구들을 가둔 우리가 내려온다.

액체 금속의 부글거리는 소리가 다가온다.

"도라에몽, 어떻게 좀 해봐!"

"그렇게 말해봤자!"

"이제 틀렸어!"

모두가 절망적으로 소리쳤다. 그 소리와 처형을 진심으로 즐기고 있는 듯, 디아볼로가 사악한 미소를 지었다.

"에스펄들이여. 반역자들에게 작별을 고하도록 해라. 후하하하하하하하."

여전히 의식을 잃고 있는 루카 일행은 대답이 없다. 쇠창살을 붙잡고 진구가 외쳤다.

"루카!"

그때였다.

일천의 시간을 지나……

머릿속으로 직접 말을 건네듯 목소리가 들려온다.

투명한 그 목소리가 텔레파시 같은 것임을 곧바로 알았다. 진구와 도라에몽, 모두의 머릿속에서 그 목소리가 들렸다.

친구와 함께 돌아오리라

목소리는 디아볼로에게도 들린 모양이었다. 코어볼 안의 디아볼로 얼굴에 처음으로 당황스러운 기색이 떠올랐다. 목소리의 주인을 찾아 그 머리가 좌우로 움직인다.

목소리는 아루가 갇힌 케이스에서 나오고 있었다.

일천의 토끼가 쏟아져 내려 빛의 대지를 회복하리라!

"아루!!"

아루의 눈이 케이스 안에서 크게 벌어졌다. 그 표정은 지금까지 보아온 아루의 것과는 분명히 달랐다. 평소의 모습과는 전혀 다른 눈색깔. 얼굴. 평소의 아루 목소리와도 다르다. 투명하면서도 아름다운 노랫소리처럼 들린다.

"예언!"

도라에몽과 친구들이 외쳤다.

그러자 그때였다. 디아볼로 앞에 있던 도라에몽의 '4차원 주머니'가 돌연 엄청난 빛을 발하기 시작했다.

"윽!?"

놀라는 디아볼로 앞에서 주머니를 넣어두었던 크리스털 케이스가 더는 빛을 견딜 수 없었는지 끼긱- 하고 금이 갔다. 그 한 줄의 균열이 신호가 된 듯 서서히 끼긱끼긱- 하고 균열이 번져갔다.

크리스털이 부서지며 안에서 주머니가 튀어나왔다.

그대로 바닥으로 떨어졌어야 할 주머니가 빛의 꼬리를 만들며 웬일인지 계속 상승을 시작했다. 천장 부근에서 맴돌며 안쪽부터 불룩불룩 부풀어 올랐다.

불룩불룩불룩불룩.

팽팽하게 부푼 주머니가 마침내 불꽃처럼 하늘에서 터졌다.

빛이 길을 만든다.

주머니에서 나온 빛은 하늘의 사다리 같았다. 그 빛의 길을 미끄러져 내려오듯 하늘에서 토끼 천 마리가 내려온다. 진구가 만든 분홍색의 달 토끼가.

"무빗?!"

진구 일행이 소리쳤다.

그 순간 모두의 귀에 아루의 목소리가 되살아났다. 예언의 말. 일천의 토끼가 비처럼 그 자리로 후두둑 쏟아져 내렸다.

일천의 토끼라는 게 대체 무엇이었는지. 그것을 이제야 알았다. 그것은 진구와 도라에몽이 만든 무빗!

"무무!"

"비비!"

예언의 말과 함께 나타난 무빗들은 머리에 모두 작은 배지를 달고 있었다. 떡을 찧을 때처럼 절굿공이를 손에 들고 모두 일제히 디아팔레스 안을 뛰어다녔다.

"노비비~."

어딘지 느슨한 목소리가 들려왔다. 안경을 쓴 노빗이 우리를 향해 달려왔다. 달려온다고 생각했는데, 미끄러지는 바람에 머리부터 바닥을 향해 곤두박질친다.

"아앗!"

액체 금속이 끓는 연못 속으로 떨어지기 바로 직전, 노빗이 주머니에서 당근 같은 것을 꺼냈다. 노빗의 발명품 '당근 헬리콥터'였다. 십자 모양으로 된 잎사귀 부분이 회전하며 간발의 차이로 노빗은 그것을 잡고 상승했다.

주머니가 또 불룩불룩 부풀어 올랐다.

제일 처음 나타난 것은 커다란 코. 다음으로 슬쩍 보인 것은 날카로운 발톱. 달에서 만난 토끼 괴물이 안에서 등장했다.

"무가!!"

"모두를 도와주러 왔어!"

토끼 괴물의 머리 위에 올라타 있는 것은 이슬이와 루나였다.

토끼 괴물이 훌쩍 뛰어내렸다. 커다란 발로 벽을 이용해 도약한다. 액체 금속을 향해 내려가던 진구와 친구들을 품에 안고, 마치 괘종시계의 진자처럼 앞뒤로 흔들었다.

그 무게로 우리를 지탱하던 사슬이 뿌리째 뽑혔고, 토끼 괴물은 그것을 안은 채 안전한 바닥으로 착지했다.

토끼 괴물이 대수롭지 않게 우리의 천장을 비틀어 열었다. 진구와 모두가 자유의 몸이 되었다.

"이슬아!"

"루나 씨!"

"어떻게 무빗들을……."

그렇게 묻는 도라에몽에게 이슬이가 "'정설 배지'야!" 하며 무빗들의 머리에 있는 배지를 가리켰다.

"노빗의 반대 발명품이지."

"정설이라는 건 즉……."

"이설의 세계라서 정설의 세계로 올 수 있는 거야! 그래서 무빗들도 싸울 수 있고!"

도라에몽과 진구 친구들이 '이설 클럽 멤버스 배지'로 정설의 세계에서 이설의 세계로 간 것처럼 '정설 배지'로는 그 반대가 가능해진다.

이슬이와 루나가 토끼 괴물의 머리 위에서 일어섰다. '당근 헬리콥터'로 날고 있던 노빗도 거기에 합세했다. 이설 세계에서 온 토끼들이 정설 세계에서도 활발히 돌아다닌다.

도라에몽과 일행들이 올려다본 디아팔레스 안에서는 무빗들이 이리 뛰고 저리 뛰며 미카드로이드를 하나둘 처치해가고 있었다.

한 마리 한 마리는 작을지 몰라도 모두 함께 있으면 각자가 들고 있는 절굿공이의 힘은 절대적이다. 쿵떡쿵떡, 쿵떡쿵떡, 계속되는 절굿공이의 공격에 미카드로이드가 머리를 부여잡으며 쓰러졌다.

대나무 시소로 총알을 날리고, 떡 콘크리트를 쏟아붓고, 수많은 반짝 대나무에 발이 걸리고……. 토끼 왕국의 문명을 총동원한 공격에 한참 많았던 것 같은 미카드로이드의 수가 서서히 줄어들었다.

에텔의 빛을 몸에 두른 루나가 하늘 높이 날아올라 팔을 휘둘렀다.

손에 강한 빛을 모은 후 손가락을 구부렸다. 에텔을 해방한다.

"모두들. 눈을 떠!"

그 순간 루카와 아루, 에스펄들을 붙잡아두고 있던 관 같은 케이스가 모두 산산조각이 났다. 유리가 깨지며 안에서 루카 일행이 풀려난다.

"으으으……."

"루카!"

바닥으로 내동댕이쳐져 희미하게 신음하는 동생에게로 루나가 달려갔다. 루카의 눈이 누나를 향했다.

"루나!"

"다행이다……."

누나와 동생이 손을 잡고 일어서는 모습을 디아볼로가 불길하게 노려보았다. 분노에 휩싸여 부하들에게 명령한다.

"뭣들 하냐! 에텔 뮤터를 사용……."

미처 명령을 내리기도 전에, 디아볼로의 얼굴에 무엇인가가 명중하여 폭발했다.

"!"

그것이 무엇인지 알아챈 디아볼로의 얼굴이 처참하게 일그러진다. 토끼 괴물이 에텔 뮤터를 집어던져 디아볼로의 얼굴이 새겨진 코어 볼에 명중시켰던 것이다.

"무가비!"

"너……."

"대단해……."

"엄청나다……."

모두의 활약에 압도되어 진구 일행의 입에서는 자신도 모르게 탄성이 나왔다. 도라에몽이 텅 빈 자신의 배를 보며 원통한 듯 중얼거렸다.

"이제는 내 주머니만 있으면……."

"주머니는 여기 있습니다."

모조의 목소리가 들려왔다. 모두가 소리 나는 방향을 보자 어느샌가 모조가 액체 금속의 덮개 위에서 새하얀 '4차원 주머니'를 깃발처럼 펄럭이고 있었다.

"모조!"

그 모습을 보고 그때까지 한복판에 자리 잡고 있던 디아볼로의 코어볼이 드디어 움직였다.

"그렇게는 안 된다!"

코어볼 주위의 코드가 떨어져나가고, 공 모양으로만 남은 모습이 되어 모조에게로 접근했다. 번개 같은 빛이 모조를 향해 발사된다. 하지만 모조가 몸을 피하는 게 더 빨랐다.

"제 발이 얼마나 빠른지를……."

적에게 겁먹지 않고 당당한 모조의 힘찬 말에 모두가 웃었다. 모조의 입버릇이 된 그 뒷말을 도라에몽을 비롯한 모두가 함께 외쳤다.

"모르시는군요!"

코어볼 앞을 통과할 때 모조는 고더트의 검과 '방패 망토', '공기 대포' 등과 같은 진구 일행의 무기를 집어 들고 쏜살같이 이쪽으로 돌아왔다.

"고마워!"

도라에몽의 배에 찰싹- 하고 주머니가 달라붙었다. '4차원 주머니'가 돌아왔다. 모두에게 비밀 도구를 건네준다.

"모두, 가자!"

고더트가 검을 들었다.

진구가 '공기 대포'를 장전했다.

이슬이가 '슈퍼 장갑'을 끼었고, 비실이가 거대한 자력을 발사하는 '초강력 자석'을 품에 안았다. 퉁퉁이의 손에 있는 것은 목소리를 뭉치게 만드는 '에코뭉치'였다. 노빗 위에 모조가 당당히 서 있다.

"반격 개시!"

'대나무헬리콥터'로 모두가 날아올랐다.

무빗들 못지않게 진구와 친구들도 당당히 미카드로이드와 싸웠다. 도라에몽이 '방패 망토'로 번개를 되쏘아주고, 진구가 '공기 대포'를 퍼엉! 하고 명중시킨다. 이슬이가 벽의 파이프를 '슈퍼 장갑'의 괴력으로 잡아 뜯어 미카드로이드를 향해 던졌다. 미카드로이드가 끼릭 끼릭- 하고 기계 장치의 소리를 내며 산산조각이 났다.

"쑥쑥 끌어당겨~!"

거대한 자석을 들어 올린 비실이가 미카드로이드에게로 다가갔다. 상대는 기계다. 몇 개를 한꺼번에 자력으로 끌어당겨 서로 부딪치자 철컹 하며 몸이 굳어버렸다. 그대로 꼼짝 못한다.

"퉁퉁아!"

"아루, 가자!"

"응!"

'대나무헬리콥터'로 날아가면서 '에코뭉치'를 먹은 퉁퉁이에게 아루가 달려왔다. 퉁퉁이의 등 위로 올라타 둘이 "하나둘!" 하고 소리를 맞췄다.

"꿰액꿰액꿰액꿰액!"

"꿰액꿰액꿰액꿰액!"

퉁퉁이의 입에서는 '꿰액'이라는 목소리 덩어리가, 아루의 입에서는 에텔의 음파가 튀어나왔다. 그 문자와 소리가 미카드로이드들의 머리 위로 쏟아져 내렸다. 미카드로이드들이 버티지 못하고 귀를 막으며 도망치려고 했지만, 파동에 눌려 찌그러졌다.

한편 고더트는 지상에서 검을 휘두르며 공격해 오는 미카드로이드들을 물리치고 있었다. 베어진 미카드로이드의 등 뒤에서, 좌우 동시에 다른 미카드로이드들이 몰려왔다. 끼릭끼릭끼릭, 거리를 좁혀오는 기분 나쁜 소리를 떨쳐버리려는 듯 고더트가 둘의 공격을 검으로 철컥— 하고 막아냈다.

끼끼끼끼끼끽. 둘의 힘에 밀려 무릎을 꿇고 고전하고 있던 그때.

갑자기 검에서 무게가 사라졌다. 두 미카드로이드의 몸이 푸르스름한 빛에 뒤덮여 좌우로 갑자기 날아갔다.

루카와 루나가 고더트를 보호하려는 듯 그 앞으로 내려섰다.

"손을!"

"아아."

두 사람이 몸을 돌려 고더트에게 손을 내밀었다. 그 손을 고더트가 꼭 마주 잡았다.

모두의 공격에 미카드로이드가 하나둘 기능이 정지하는 가운데 디아볼로 역시 자신이 열세임을 인정하지 않을 수 없었다.

"이놈들⋯⋯. 이렇게 되면 한 마리만이라도⋯⋯."

그 눈이 수상한 빛으로 일그러진다. 좌우로 움직이던 눈동자가 루나 앞에서 멈추었다. 그 눈이 활짝 벌어졌다.

"너다!"

"꺄아아악!"

디아볼로의 얼굴이 새겨진 코어볼에서 코드가 생물처럼 꿈틀거리며 뻗어 나왔다. 루나의 몸을 낚아챈다.

루카와 진구가 그것을 알아챘다.

"루나!"

루카가 소리쳤다. 하지만 루나의 몸은 멀리 허공에 있었다. 코어볼에 잡힌 후였다.

"후하하하하하!"

"루나!"

디아볼로의 웃음소리와 루나의 구조를 요청하는 비통한 절규가 울려 퍼졌다. 처형장의 천장이 열리고 그곳으로 코어볼이 빨려 들어가듯 모습을 감추었다.

"루나 씨!"

"여기는 모두에게 맡기고 우리는 위로 올라가자!"

도라에몽의 지시로 진구와 친구들이 천장의 구멍을 향해 날아갔다. 고더트가 지상에서 "부탁한다!"고 말하며 모두를 배웅했다.

○

가구야 별이 흔들리고 있었다.

들려오는 것은 지금까지 가구야 별 사람들이 한 번도 들어보지 못했을 정도로 큰, 격렬한 땅울림. 마치 대지가 분노한 듯했다.

"디아팔레스가……."

성이 새빨갛게 빛나고 있었다. 그 색깔 역시 처음 보는 것이었다.

무슨 일이 벌어지고 있다. 거리의 가구야 별 사람들이 허둥대며 서로를 끌어안는다.

디아팔레스가 몸뚱이를 부르르 떨듯이 다시 크게 흔들렸다. 그러자 성의 측면 벽이 굉음을 일으키며 붕괴하기 시작했다. 거대한 벽 일부가 가구야 별 사람들의 거리로 떨어졌다. 고스란히 충격을 받은 집들이 무너지며 모래 먼지를 일으켰다.

"큰일 났다!"

"도망쳐!"

디아팔레스와 지상을 연결하던 리본 같은 케이블이 불안정하게 구불거리다가 뜯겨나갔다. 쿵— 하는 엄청난 소리. 충격과 함께 사람들이 뿔뿔이 도망쳤다.

"어떻게 된 거야?!"

어둠 속에서 피어난 꽃 같았던 디아팔레스의 윗부분이 열리기 시작했다. 꽃이 완전히 개화를 맞이한 것처럼. 그 꽃이 빙글빙글 돌면서 성의 윗부분이 열리고 있었다. 하얀 연기와 보라색 기둥이 안에서 나타났다. 구구구구구구— 하는 신음 같은 진동음이 계속되고 있었다.

눈앞에 나타난 것은 거대한 도깨비 얼굴 같은 기계.

두 개의 뿔 같은 돌기와 그 한복판에 외눈처럼 움푹 팬 구덩이. 그 아래로 이빨이 돋은, 마치 입 같은 구멍이 벌어져 있었다. 도깨비 머리의 뒤로는 하늘을 날기 위한 분사구가 달려 있었다.

일그러진 달을 배경으로 그 흉물스럽기 짝이 없는 모습이 드러났다. 의지를 가진 우주선처럼 하늘 위로 날아오른다.

도라에몽과 친구들도, 루카도, 모두가 멍하니 그 모습을 바라보았다.

"저게 파괴 무기……."

"앗! 루나 씨가 안에!"

이슬이가 파괴 무기의 위쪽을 가리켰다. 도깨비 얼굴의 이마에 해당하는 부분에 스테인드글라스 문양 같은 검은 크리스털 유리가 박혀 있고, 그 안에 루나가 갇혀 있었다. 그 손이 튜브로 연결되어 있다. 에텔을 흡수하여 무기의 연료로 삼는 것이다. 얼굴이 고통으로 일그러져 있다.

"후하하하하하하하."

어두운 하늘에 디아볼로의 웃음소리가 울려 퍼졌다. 도깨비의 외눈처럼 보이는 곳에 디아볼로의 얼굴이 새겨진 코어볼이 박혀 빛나고 있었다. 이곳이 개발 당시 원래 인공지능이 묻혀 있던 곳이었을 것이다. 거기에서 공만 남은 모습이 되어 가구야 별을 지배한 것이 분명하다.

"이제 이런 죽어가는 별은 필요 없다. 다음은 그 별을 지배해주겠다!"

"그 별이라니……?"

"지구야!"

"아앗!"

진구의 중얼거림에 루카가 즉시 대답했다. 파괴 무기가 방향을 바꾼다. 아마도 정말 지구를 목표로 할 모양인 듯했다.

"그렇게 놔둘 줄 알고!"

"루나 씨!"

모두가 파괴 무기 쪽으로 서둘러 향했다. 그러나 부웅- 하는 엄청난 풍압이 진구와 친구들을 정면으로 덮쳐온다. 무기에서 나오는 분사에 의한 기류가 너무 격심해서 앞으로 나아갈 수가 없었다.

"와아!"

"꺄악!"

"'대나무헬리콥터'로는 쫓아갈 수가 없어!"

모두가 디아팔레스 옥상으로 떨어졌다. 풍압으로 눈을 가늘게 뜨면서 진구가 일어섰다. 포기하지 않고 어두운 하늘로 사라지려는 파괴 무기를 향해 '공기 대포'를 겨누었다.

"발사!"

펑, 하고 기세 좋게 공기탄이 날아갔다. 바람을 거스르며 코어볼이 있는 곳까지는 도달했지만 푸슉- 하는 가벼운 소리를 내며 충격이 사라졌다. 디아볼로가 유쾌한 듯 웃는다.

"한심하긴……. 아프지도 가렵지도 않다. 후하하하하하."

일그러진 '달'을 뒤로 하고, 파괴 무기가 멀어져간다. 그 앞에 있는 것은 초록색으로 짙게 드리운 구름이었다. 초조함으로 인해 비실이와 퉁퉁이가 중얼거린다.

"구름 속으로 숨어버리면 끝장이야!"

"어떻게 좀 해봐, 도라에몽!"

"그렇게 말해봤자!"

주머니 안에서 쓸 만한 것을 찾았지만 나온 것은 아무런 소용도 없어 보이는 것들뿐이었다.

"잘 있어라, 어리석은 백성들이여!"

승리를 확신한 디아볼로가 구름 속으로 모습을 감추려는 그때.

파괴 무기가 갑자기 속도를 잃었다. 순간, 더 앞으로 나아가지 못한다.

"윽! 왜 안 움직이는 거야?!"

"저 빛은!"

아루가 뭔가를 깨닫고 소리쳤다. 푸르스름한 빛줄기가 파괴 무기를 끌어당겨 움직임을 막고 있었다. 돌아보자 등 뒤 하늘 높은 곳에서 에스펄들이 날고 있었다. 에스펄 여덟 명이 열심히 에텔을 방출하여 파괴 무기의 발목을 잡고 있었다.

"루나 누나……."

"못 간다……!"

"너희!!"

루카가 주먹을 꽉 쥐었다. 디아볼로가 잔뜩 얼굴을 찌푸렸다.

"건방진! 이렇게 되면 가구야 별까지 통째로 없애주마!"

파괴 무기가 과거 '달'을 날려버린 것과 똑같은 힘을 내부에 끌어모으기 시작했다. 지상을 향해 공격할 셈이다. 무기의 표면에 생물의 혈관 같은 붉은 빛줄기가 생겨난다.

그 힘은 루나의 에텔을 빼앗음으로써 발생한 것이다. 에텔이 흡수된 루나가 고통으로 몸을 뒤튼다. 비명을 질렀다.

"꺄아아아아아아아악!"

"루나!"

무기의 옆면에 달린 두 개의 뿔에 힘이 모여들었다. 그것으로 공격하면 가구야 별도, 진구 일행도 절대 버티지 못할 것이다.

"다시 한 발……."

진구가 다시 한번 '공기 대포'를 들었다. 파괴 무기는 절반 이상이 구름에 가려 더는 디아볼로의 코어볼 본체를 노릴 수 없었다. 하지만 그래도……

그런 진구를 보며 도라에몽이 고개를 저었다.

"공기 총알은 안 돼! 좀 더, 뭔가 훨씬 더 딱딱한 게 아니면……."

"뭔가가 뭔데?!"

"그러니까, 그게……."

딱히 떠오르는 게 없어서 머리를 부여잡는 도라에몽에게 "노비비!" 하며 노빗이 달려온다.

자세히 보니 등 뒤에 모조가 있었다. 노빗에게 끌려온 모조가 힘차게 팔짱을 낀다. 믿음직스럽게, 단호히 앞을 보며 말했다.

"제 등딱지가 우주에서 가장 딱딱하다는 걸 모르시옵니까?"

모조가 몸을 돌린다. 등딱지가 다이아몬드처럼 반짝 하고 빛났다.

도라에몽과 진구가 서로의 얼굴을 마주 보았다.

파괴 무기의 뿔은 이제 새빨간 빛으로 가득한 상태였다.

에너지 충전이 끝나고 뿔과 뿔 사이에 힘의 스파크가 발생한다. 파 칫파칫– 하며 그 빛이 포격에 대비한다. 에텔의 빛이 막처럼 넓게 퍼 지고, 두 개의 뿔 사이에서 발사 입구가 열렸다.

발사 입구 아래, 디아볼로가 빨갛게 충혈된 눈으로 소리쳤다.

"죽어라!!"

그 목소리와 함께 루나가 한층 더 괴롭게 몸부림쳤다. 연결된 손이 날카로운 통증으로 인해 불타듯, 갈기갈기 찢기는 것 같았다.

"아아아아아!"

괴로워하는 누나의 목소리가 아래 있는 루카의 귀에 와 닿았다.

"루나–!!"

루카가 외쳤다.

닿지 않는다는 걸 알면서도, 있는 힘껏 에텔을 필사적으로 방출한 다. 루나를 붙들고 싶어서 온 힘을 다해 부르짖었다.

그러자, 돌연!

루카의 점퍼 주머니가 빛났다. 루카가 온몸으로 방출한 에텔을 받 고 푸르스름한 빛을 띤 구슬이 주머니에서 둥실 떠올랐다.

고더트가 맡긴, 루카의 부모님에게서 물려받은 구슬.

자신만의 의지를 가진 듯 떠올라 구슬이 공중에서 소용돌이를 그린다. 에텔의 빛을 그 안으로 계속 더 흡수하듯이. 구슬 안의 빛이 불타올랐다. 빛의 입자가 급속히 늘어간다.

빛을 발하는 구슬이 공중에서 산산이 부서졌다. 빛의 입자가 무수히 쏟아져 나왔다.

빛의 입자는 기둥이 되어 디아팔레스 위쪽에서 똑바로 구름을 향해 뻗어 나간다. 빛의 길처럼 보였다.

찌를 듯한 빛의 기둥을 중심으로 구름이 크게 흔들렸다. 구름에 구멍이 생긴다. 반짝반짝반짝반짝, 빛의 기둥과 구름의 구멍이 점점 커졌다.

대지로 빛이 쏟아졌다. 대지 전체로, 따뜻한, 빛의 양탄자가 깔리듯이.

파괴 무기를 감싼 구름이 걷혔다. 빛의 입자가 쏟아져 내리며 주위의 구름을 단숨에 제거한다.

"뭐야? 이 빛은!"

디아볼로가 소리쳤다. 병기 안에 갇힌 루나에게도 그 빛이 전해졌다. 고개를 숙이고 있던 루나가 중얼거린다.

"따뜻해……."

디아볼로가 있는 코어볼의 모습이 선명히 드러났다. 그 잠깐의 틈을 노려 진구가 외쳤다.

"보인다!"

244

루카를 돌아보았다.

"루카, 힘을!"

"응!"

루카가 진구의 어깨 위로 손을 올렸다. 진구의 몸을 통해 에텔이 '공기 대포'로 전달되어 간다. 안에서 그 순간을 기다리고 있었던 것은 모조였다.

모두가 함께 외쳤다.

"가라–!"

"노빗–!"

노빗의 목소리와 함께 모조 총알이 날아갔다. 발사된 충격으로 진구의 몸이 뒤로 날아갈 뻔했다. 그 등 뒤에서 루카가 힘껏 받쳐주고 있었다.

"거북–!"

우렁찬 함성을 지르며 모조가 하늘을 관통한다. 무기를 향해 가는 동안 손발을 등딱지 안으로 집어넣었다.

옥상 난간까지 모두가 달려갔다. 모조를 응원한다.

"부탁해!"

"거기야!"

"가라!"

"모조!"

"노비비비!"

총알 같은 궤도로 모조 탄환이 파괴 무기를 향해 돌진해 간다. 무기의 중추, 디아볼로의 코어볼을 향해.

"우우우우욱."

디아볼로는, 즉 파괴 무기의 인공지능은 처음 느끼는 자신 내부의 파동에 당혹스러워하고 있었다. 지금까지 줄곧, 천 년 전에 만들어지고 나서부터 오늘까지 한 번도 느껴본 적 없는 파동이었다.

그것은 무섭다는 감각이었다.

뭐지, 이건?

자신을 향해 총알이 날아온다. 도망칠 수 없다. 피할 수도 없다.

나는 죽는 건가?

천 년 전 인간들에 의해 만들어지고, 인공지능으로 사고하는 힘을 부여받고서 디아볼로가 우선 생각했던 것은 '인간이란 이 얼마나 어리석은 생물인가!' 하는 것이었다.

그 무렵 가구야 별은 몇 개의 세력이 권력다툼을 벌이고 있었다. 디아볼로를 만들어낸 권력자는 파괴의 힘을 보여줌으로써 다른 세력을 지배하려고 했다.

허공을 향해. 에텔을 사용한 위협 포격을 명령받았다.

그들의 진짜 목표는 힘을 보여주는 것이었지 파괴는 아니었다. 하지만 디아볼로는 그것을 어리석은 생각이라고 여겼다. 상대를 진심으로 겁먹게 하고, 지배하기 위해 필요한 것은 그런 게 아니었다.

인간으로부터의 조작과 명령을 거역하고, '달'로 조준을 변경한 것은 파괴 무기인 디아볼로 자신의 의지였다. 파괴를 위해 프로그램되었기 때문에 당연한 일이었다.

에텔을 사용한, 디아볼로 최초의 파괴 공격.

'달'의 일부를 날려버리자 그 파편이 하나둘 가구야 별의 대지로 쏟아져 내렸다.

파괴 무기를 조작하던 병사도, 개발한 과학자도, 개발을 명령한 권력자도 예기치 못한 사태에 극히 혼란스러운 표정으로 자신들이 만들어낸 디아볼로를 바라보았었다. 그 얼굴에 떠올랐던 것. '아아, 이것이 공포라는 감정인가!' 싶어서 디아볼로는 만족스러웠다.

상대를 공포에 떨게 만들고, 지배한다.

그 얼굴을 더욱 공포로 일그러뜨려주겠다. 너희는 너무 관대하다. 이 몸이야말로 이 별의 왕에 어울린다. 그 당시 권력자의 대부분은, '달'을 날려버린 것을 보고 너무 놀라 뿔뿔이 흩어졌다. 그 혼란을 틈타 그들이 바라던 권력을 가로채는 것은 쉬운 일이었다.

인간과 달리 공포는, 자신과는 영원히 인연이 없는 것이다. 이 몸이야말로 무적이라고, 그렇게 생각했다.

하지만 지금.

마음속 깊은 곳에서, 인공지능의 근원인 깊은 곳에서 공포의 감정이 스멀스멀 올라온다. 디아볼로가 눈을 휘둥그레 떴다. 이제는 피할 수 없다.

모조 총알이 디아볼로의 얼굴 중앙에 명중한다.

지직- 하고 균열이 생겼다. 코어볼이 파괴되며 모조 총알이 파괴 무기를 관통한다.

"해냈어-!!"

진구와 친구들이 환호성을 질렀다.

지직, 지직, 지직……! 코어볼의 균열이 점점 확대되어 갔다. 디아볼로의 눈이 믿을 수 없다는 듯 크게 벌어진다.

"설마, 이 몸이……. 인간처럼……."

얼굴이 급속히 늙어갔다. 아까까지 유지하고 있던 젊음을 잃어 주름투성이에, 피부도 탄력을 잃고 쪼그라들어간다.

"끄아아아아아아아아아아아아아아아아아!"

단말마의 절규와 함께 코어볼이 폭발한다.

파괴 무기 전체에서 붉은빛이 사라진다. 괴멸 상태 직전까지 이르자 검은 연기를 피우며 가구야 별로 추락했다.

고대 문명이 잠든 듯 보이던 바닷속으로 파괴 무기가 낙하한다. 크고 격렬한 물보라가 생겨나고 검은빛은 완전히 사라졌다.

한창 폭발 중인 가운데.

루나가 갇혀 있던 부분의 크리스털 유리가 깨지며 루나가 튕겨 나왔다. 에텔을 대량으로 흡수당하고 의식을 잃은 루나가 눈을 감은 채 추락해간다.

그리로 달려가는 누군가의 모습이 보였다.

"루나 씨!"

비실이였다.

비실이는 줄곧 결심하고 있었다. 달에서 루나의 도움을 받았으면서 아무것도 할 수 없었던 그때부터, 다음에는 반드시 자기가 돕겠다고 결심했다.

반드시 받을 수 있어!

손을 뻗어 루나를 잡았지만, 무게 때문에 팔이 꺾이고 몸이 휘청거렸다. '슈퍼 장갑'을 꼈으면 좋았을걸.

"크윽~! 으으으으으~!"

기합과 함께 버티며 그 몸을 꼭 떠받쳤다.

"루나 씨!"

이름을 부르며 얼굴을 들여다보는데 루나가 의식을 회복했다. 비실이의 얼굴을 바라보며 기뻐한다.

"비실 씨!"

품 안에서 바싹 얼굴을 대고 바라보자 가슴이 두근, 하고 뛰며 비실이의 얼굴이 새빨개진다. 새빨개진 얼굴로 루나를 받치면서 생각했다.

－다행이야. 이번에는 도울 수 있었어.

또 하나.

공중에서 버둥버둥 몸부림치는 작은 그림자가 있었다.

코어볼을 관통한 우주에서 제일 딱딱한 등딱지의 소유자 모조.

"히이이익! 저는 하늘은 날지 못합니다!"

손발을 버둥거리며 떨어지는 모조를 이번에는 분홍색 그림자가 쫓아간다. 이젠 틀렸나, 생각하며 등딱지 속으로 몸을 집어넣는 그때, '당근 헬리콥터'로 하늘을 날아온 노빗이 발로 꽉 모조를 잡았다.

"노비비비~!"

"휴우~. 토끼도 제법이군요."

노빗의 도움을 받아 모조가 안심하며 등딱지에서 얼굴을 내밀었다. 팔짱을 끼며 부끄러운 듯 한숨을 내쉬었다.

◯

가구야 별의 대지가 빛나고 있었다.

파괴 무기가 바다에 빠지고 혼란이 가라앉은 거리의 광장에 다시 주민들이 모여들었다. 놀라움으로 모두가 당장은 아무 말도 하지 못한다.

처음으로 말을 꺼낸 것은 어린아이였다.

"환하다!"

예전에는 음식을 받지 못해 떨고만 있던, 어머니 손을 잡고 있던 그 아이가 걸친 망토의 후드에서 얼굴을 내밀었다. 그 목소리에 어머니도 후드를 벗었다. 태어나서 처음 느끼는, 머리 위의 빛이 눈부셔 눈을 가늘게 뜬 모습으로 대지를 힘껏 밟으며 중얼거렸다.

"따뜻하다……."

싸움이 끝난 후 디아팔레스의 옥상에서 토끼 괴물의 등에 올라타 있던 고더트가 내려섰다.

지상이 보이는 위치까지 걸어와 크게 숨을 들이마셨다. 눈앞의 광경을 믿을 수가 없었다. 천천히 눈 아래 펼쳐진 자신의 별을 둘러보았다. 한없이 계속되는 그 환한 빛을.

"빛의 대지다……."

그것은 그야말로 예언과 똑같은 광경이었다. 파괴 무기와 함께 날아간 구름 사이로 처음 보는 햇살이 들이치고 있었다. 말라비틀어져 아무것도 자랄 수 없었던 대지에서 희미하게나마 숨결이 느껴졌다.

루카가 천천히 오른팔을 펼쳤다. 그 안에는 고더트가 준 구슬의 잔해가 아직도 반짝반짝 빛나고 있었다. 불완전해진 홀로그램의 영상을 띄운다. 지지지- 하고 움직임이 느려진 고다르 부부와 그들에게 안긴 에스펄들의 영상. 짧은 그 부분이 몇 번이고 몇 번이고, 같은 부분만 드문드문 재생된다.

"아까 그 빛은 대체……." 그것이 어쩌면 자신의 에텔과 이 구슬이 일으킨 현상이었으리라는 것을 짐작하면서도 루카로서는 도무지 알수가 없었다.

그러자 밑에 펼쳐진 대지를 바라보고 있던 진구가 천천히 "저기." 하며 말을 꺼냈다.

"이거, '빛나는 이끼'랑 닮지 않았니?"

아까 빛이 퍼지는 광경을 보면서 생각했던 것이다. 이런 식으로 빛이 퍼지는 방식을 전에도 본 적이 있었다.

달 뒤편에 처음 토끼 왕국을 만들려고 했을 때였다. 도라에몽이 '빛나는 이끼'를 뿌리자 흩어진 빛의 띠가 순식간에 땅 위에서 계곡, 언덕을 넘어 지평선까지 퍼져 대낮처럼 환해졌다.

조금만 뿌렸는데 바위에 달라붙어 계속 퍼지는, 햇볕과 같은 작용을 하는 이끼. 어떤 장소에서든 번식할 수 있고, 봄의 땅처럼 따뜻하다. 그렇게 도라에몽이 설명했었다.

"앗! 어디, 어디……."

진구의 말에 도라에몽이 돋보기를 꺼내 루카의 손에 있는 구슬의 파편을 관찰한다. 돋보기에 빛의 입자가 확대된다.

"정말이야!" 하고 도라에몽이 소리쳤다.

"내 것과는 다르지만 이거, 이끼 같은 식물이야. 그게 에텔과 반응하여 폭발적으로 늘어났던 거야."

"어떻게 그런 일이……."

부서진 파편을 바라보며 루카가 중얼거렸다. 그것을 보고 진구가 말했다.

"준비됐던 거 아닐까?"

"어?"

진구가 미소 지었다.

"고다르 박사님들은 예언을 듣고 천 년 후에 너희가 돌아올 것을 알고 계셨을 거야. 그럼 준비해두셨겠지. 다시 돌아왔을 때 가구야 별이 빛을 되찾을 수 있도록."

진구가 환해진 하늘을 올려다보았다. 살짝 바람이 불어와 진구의 앞머리가 살랑거렸다.

루카가 설명해주었다. 루카 같은 에스퍼는 식물에 에텔의 힘을 쏟아부어 활성화할 수 있다. 이끼로 빛나는 대지에 바람이 불자 황금색으로 대지가 빛났다. 루카와 처음 만난 날, 뒷산의 억새밭처럼.

"준비……."

루카가 중얼거렸다. 손안의 파편을, 망가진 영상 속의 부모님 얼굴을 바라보았다. 그리운 두 사람의 얼굴을.

생물학자였던 아버지와 어머니. 이 별의 환경이 파괴되는 것을 누구보다 마음 아파했고, 책임감을 느꼈던 두 사람은 붙잡히고 나서도 연구를 계속했을지 모른다. 손에 빛의 입자를 쥐자 따뜻한 나머지 기억들이 흘러드는 것 같았다.

아주 잠깐, 어떤 광경이 보였다. 그 순간 그들의 마음과 일상이 흘러가듯 눈에 들어온다.

어둡고 쓸쓸한 감옥 한 구석에서 이끼나 버섯 같은 작은 생물이 있는 것을 발견하고 그것을 손에 넣은 두 사람…… 협조해준 친절한 병사의 도움을 받아 연구를 거듭하며 포기하지 않고 빛나는 이끼를 만들어냈다. 그 따뜻한 빛에 두 사람이 눈을 가늘게 뜬다. 어머니가 하고 있던 펜던트 구슬에 그 이끼를 봉인한다. 에텔에 반응하여 증식하는 빛. 그 빛이 언젠가 이 별을 비출 가능성에 모든 것을 건다. 마지막 순간까지, 포기하지 않고…….

이 발명품을 루카 일행이 틀림없이 전달받게 되리라 믿으며.

에스펄들의 귀환을 기다렸던 것이다.

손안의 조각을 꼭 쥐었다. 지금 한순간 느꼈던 생각, 보았다고 생각했던 광경. 아버지와 어머니는 자신들을 기다리며 착실히 준비해주었다.

미소를 짓자 눈물이 나올 것 같았다.

"진구의 간식이랑 똑같아."

"앗?"

진구네 집을 처음 찾아갔을 때, 진구가 돌아오기를 기다리며 진구의 어머니가 간식을 준비해두었다. 그때…… 사실은 정말, 정말 부러웠다. 귀가를 기다려주는 사람이 있는, 진구가.

그러자 그때였다.

고더트가 한 걸음, 루카를 향해 걸어왔다.

"루카. 괜찮다면 이 별에서 우리와 함께 살지 않겠니?"

그 말에 도라에몽과 진구가 잠깐의 시간을 두고 나서 활짝 웃었다. 루카 뒤에서 서로의 얼굴을 마주 본다.

루카 역시 놀랐다. 그렇게 제안한 고더트의 얼굴에서 역시 부모님의 모습이 보였다.

그대로 루카는 생각했다. 생각하고, 생각하고, 생각했다.

그리고……

고개를 들었다.

"고마워."

인사를 했다. 하지만 그 후 천천히 고개를 내저었다.

"하지만 우리는 이대로 전설로 남겨줘."

"그런가…….."

루카의 대답에 고더트가 쓸쓸하게 고개를 끄덕였다.

안타깝지만 무리도 아니지, 하고 고더트는 생각했다. 에스펄들은 가구야 별에서 상당히 답답한 생활을 했을 것이다. 에텔의 힘이 있는 한, 언제 또 누구의 목표물이 될지 모른다고 생각했으리라. 그 마음을 눈치챘던 것이다.

고더트가 온화한 미소를 지었다. 루카의 의지를 존중하기로 했다.

"알았다……. 하지만 전설로 놔두고 싶어도 다른 사람들이 에스펄을 보고 만 것이……."

부하들을 떠올리며 그렇게 말하는데, 마침 그곳으로 카트에 탄 부하들이 몰려왔다.

"대장님~!"

"대장님~! 찾았잖아요!"

크라브와 캔서 콤비였다. 이 혼란 속에서도 계속 상관인 고더트를 찾아다닌 모양이다.

"엄청난 폭발이었어요."

"대체 어떻게 된 거죠?"

의미를 알 수 없다는 듯 공중에서 카트로 내려온다. 그 모습을 보고 도라에몽이 순간 좋은 생각을 떠올렸다. 고더트에게 말한다.

"나한테 맡겨줘! 루카, 잠깐 에텔 좀 부탁할게."

도라에몽이 꺼낸 것은 비밀 도구인 '잊어버려 꽃'이었다. 그 냄새를 맡으면 어떤 일이든 다 잊고 마는 꽃. 그 식물에 루카의 에텔을 대고 활성화한다.

'잊어버려 꽃'은 사용한 후 곧바로 다시 생각나는 경우도 많지만 이 강력한 버전이라면 틀림없이······.

"병사 여러분! 잠깐 이리로."

"뭔데? 뭔데?"

다가온 크라브와 캔서의 코앞에서 푸르스름하게 빛나는 '잊어버려 꽃 강력 버전'을 흔들었다. 화아악– 하고 향기가 피어오른다. 도라에몽이 말했다.

"에스펄은 전설상의 생물이며, 사실은 평범한 인간."

두 사람에게 새로운 기억을 불어넣자, 냄새를 맡은 두 사람의 눈이 축 늘어졌다, 그대로 힘차게 "네!" 하고 소리친다.

"에스펄은 없다. 그냥 인간이다!"

춤추듯 신나서 반복하는 두 사람을 도라에몽이 "후후." 하고 웃으며 바라보았다. 고더트와 루카에게 설명해준다.

"이 꽃 냄새를 맡으면 에스펄을 본 기억은 사라질 거야."

"그런가······. 그럼 다른 부하들에게도 사용하자. 그 후에 나도······."

고더트가 약간 쓸쓸한 듯 꽃을 자신의 얼굴 앞으로 가져간다. 그러자.

"기다려!"

그 손을 루카가 막았다. 간절한 표정으로 고더트를 바라보았다.

"당신만은 우리를 기억해줘. 그리고 언젠가 풍요로워진 가구야 별을 우리에게 보여줘.”

그 말에 고더트가 번뜩– 하고 눈을 빛냈다. 입술을 꼭 깨문다. 풀을 손에 쥔 채 눈을 내리뜨고 있다가 고개를 들었다. 그 눈동자가 살짝 젖어 있었다.

“…고맙다.”

주먹을 가슴에 댄다. 가구야 별만의 경례 방법이었다.

루카와 진구 일행, 그 자리에 있는 모두를 바라보며 맹세한다.

“너희가 보내준 신뢰와 우정에 나도 꼭 보답할게.”

모두의 얼굴에서 빛나는 웃음이 터져 나왔다.

디아팔레스의 위쪽에서 고더트가 손을 흔든다. 언제까지고, 언제까지고 에스펄과 지구인, 그 친구들의 모습을 배웅한다.

도라벌룬이 날아올랐다.

밑으로 보이는 가구야 별은 처음 왔을 때와 같은 색깔은 더는 찾아볼 수 없었다. 일그러진 ‘달’ 앞에 새롭게 싹을 틔운 노란색과 초록색이 펼쳐져 있었다. 새로운 가구야 별이 환히 빛나며 모두를 배웅했다.

○

"즉."

도라벌룬의 우주선 안에서 이슬이가 설명했다. 그 품 안에 있는 것은 노빗이었다. "노비비~." 하고 기쁜 듯 소리를 낸다.

"'정설 배지'는 노빗의 반대 발명품이었어."

이슬이는 그때 노빗의 집에서 깨달았다.

평소 자신들이 살고 있던 세계는 정설의 세계. 세상에서 '이게 옳다'고 여기는 것들 안에서 사는 정설의 세계에, 다른 세계의 가능성은 끼어들 틈이 없다. 보통이라면.

하지만 만약 그 '보통'을 뒤집는다면?

배지의 힘으로 자신들은 지금 정설의 세계에서 이설의 세계로 와 있다.

그렇다면, 그 반대는……

"이설의 세계에서 정설의 세계로 갈 수 있다는 거지……!"

그때 이슬이는 그렇게 생각했다.

"'정설 배지'라……."

그 설명에 도라에몽이 중얼거렸다.

"이설의 세계에서 만들어진 것은 사실 정설의 세계에서는 보이지 않아. 하지만 이 배지는 이설 세계를 정설 세계로 고정하는 힘이 있는 것 같아. 설마 이설을 정설로 만드는 배지를 발명할 줄이야…….”

도라에몽의 말에 비실이가 감탄한 듯 노빗을 보았다.

“혹시 노빗 너 천재니?”

“역시 나하고 닮았다니까.”

“순 이럴 때만!”

진구가 으스대며 말하자 도라에몽이 핀잔을 주었다. 퉁퉁이가 “그건 아무래도 상관없는데…….” 하고 중얼거렸다.

모두가 소리쳤다.

“좁아!!”

무빗들을 꾸역꾸역 몰아넣은 도라벌룬의 내부는 이제 숨쉬기도 힘들 정도였다. 무빗과 에스펄들, 모두가 숨 막혀 하자 루카와 루나가 곤혹스러운 표정으로 웃었다. 이렇게 돌아갈 수밖에 없다고는 해도 너무 좁다.

“힘들어…….”

“응, 좁다.”

루카와 진구가 동시에 미소 지었다. 답답했지만 그래도 왠지 좀 재미있고, 그리고 즐거웠다.

천장에 매달려 있던 토끼 괴물이 그 거대한 머리를 갸웃거리며, “무가비?” 하고 운다.

달로 돌아가기 전에 지구에 잠깐 들르고 싶다고 말한 것은 루카였다.

진구와 처음 만났던 뒷산의 억새밭. 그 옆길에서 루카가 "부탁이 있어." 하고 말했다.

"진구야, 나와 다시 한 번 시합하자!"

나뭇가지로 땅바닥에 금을 그었다.

이슬이와 도라에몽이 신호 담당.

출발 지점에 선 것은 루카와 진구, 퉁퉁이와 비실이, 모조였다.

"제자리에! 준비, 땅!"

출발 신호와 함께 일등으로 들어온 것은 빠른 발을 자랑하는 모조였다. 의기양양하게 소리친다.

"어떻습니까! 제가 일등입니다! 보셨습니까?"

돌아보며 말했지만 아무도 보이지 않고, 그저 억새만이 풍요롭게 이삭을 흔들고 있을 뿐.

"어라?"

그렇게 중얼거리는 와중에, 다음으로 퉁퉁이가, 이어서 비실이가 "내가 2등!" "난 3등!" 하며 골인한다.

마지막까지 경쟁하고 있는 것은 진구와 루카였다.

전학 첫날의 루카와는 딴판이었다. 진구도, 루카도 괴로운 듯 이를 앙다물고 마지막까지 달리고 있었다.

"루카가 늦어! 어째서!"

"몸이 빛나지 않고 있어! 쟤, 에텔을 사용하지 않는 거야."

비실이와 퉁퉁이가 말했다. 출발 지점의 도라에몽은 깨달았다.

"루카는 보통 달에서 생활하기 때문에 중력이 달라. 달의 중력은 지구의 6분의 1. 루카는 지금 엄청나게 몸이 무거울 거야."

전학 첫날, 에텔로 꾀를 부렸던 때의 활기찬 얼굴은 이제 어디에도 없었다. 필사적으로 앞만 보며 루카가 열심히 팔을 뻗고, 다리를 앞으로 내밀며 온 힘을 다해 달리고 있었다. 하지만 진구에게는 미치지 못했다. 진구도 전력을 다하고 있었다.

둘이 헐떡거리며 진구가 먼저 골인. 그리고 조금 늦게 루카가 골인했다. 골인하자마자 그 자리에 쓰러져버린다.

등 뒤로 지구의 중력을 느끼면서 하늘을 올려다본다. 새하얀 태양이 보였다. 눈을 감아도 눈꺼풀 뒤편으로 강한 햇살의 잔상이 남는다. 그 눈부심을 눈 속 가득 빨아들이며 소리쳤다.

"즐겁다!"

루카가 팔을 뻗으며 크게 심호흡을 한다. 흙과 풀냄새가 난다.

"너무 즐거웠어. 내 몸으로 달리는 건 피곤하고 힘들지만, 그래도 좋아!"

지구에서 다시 달의 토끼 왕국에 도착했다.

그때가 돼서야 루카가 말했다. "또 하나, 소원이 있어." 하고.

"소원?"

루카의 뒤에 루나와 아루, 에스펄 동료들이 있다. 그들 하나하나의 얼굴을 바라보며 고개를 끄덕이고 나서 루카가 말했다.

"가구야 별에도 이설이 있었어. 그건, 에스펄은 전설 속의 생물이며, 사실은 평범한 인간이라는 이야기."

모두가 숨을 삼켰다.

루카의 눈이 진지해졌다. 그 뒤에 선 다른 에스펄들도.

루카는 줄곧 생각했다. 가구야 별을 떠나온 지 천 년, 자신들이 그런 이야기 속의 존재라는 것을 알고 나서부터, 줄곧, 지금까지.

'이설 클럽 멤버스 배지'에 대해 도라에몽은 이렇게 설명했다.

―실현할 수 있는 건 어디까지나 오랫동안 믿어온 '이설'뿐이야. 오랫동안 이야기해온 사람들이 있었기 때문에 생겨난 '이설'이거든.

천 년이라는 오랜 세월이 루나들을 '이설'의 존재로 만들어주었다.

루카가 말했다.

"우리는 초능력이 없는, 평범하게 나이를 먹고 죽어가는 인간이 되고 싶어. 우리의 이설을 이뤄줘."

이것이 자신들을 만들어낸 아버지와 어머니를 배신하는 행위라고는, 이제 에스펄 중 누구도 생각하지 않았다.

천 년의, 달에서의 고독.

그리고 진구와 다른 친구들과의 만남.

가구야 별에 가서야 지금까지 늘 알고 싶었던 답을 들은 것 같았다.

ㅡ보통 아이들처럼 살게 해주고 싶었다.

에스펄을 자기 자식이나 다름없다고 했던 어머니의 말은 거짓이 아니었다. 아버지와 어머니의 '연구'는 가구야 별에 빛을 되찾아준 것 외에도 사실 한 가지가 더 있었던 게 아닐까.

에스펄이 지닌 영원의 생명이 상상을 초월하는 고독을 의미한다는 것을, 아버지도 어머니도 알고 있었다. 그래서 그때, "아직 연구는 진행 중인데……." 하고 말한 후, 아버지는 사실 이렇게 말했던 것이다.

ㅡ에스파……들, 에게서…… 을…… 주고…….

ㅡ에스펄들에게서 에텔을 없애주고 싶었어.

그 마음을, 의미를, 이제야 알았다.

"괜찮겠어?!"

퉁퉁이와 비실이가 소리쳤다. 두 사람이 각각 말한다.

"초능력이 사라져도 괜찮아?"

"힘들게 여태 살아왔는데?"

"대체 왜……."

이슬이와 진구도 이상하다는 듯이 루카 일행을 바라보았다. 루카가 미소 짓는다.

"확실히 오래 살았지. 하지만 한정된 힘을 갖고 있기 때문에 더 노력하는 거야. 한정된 목숨이라 더 멋진 거지. 모두를 만나고 나서 그걸 알았어."

토끼 왕국 앞에 선 무빗들을 바라보았다. 지금까지 새 가족을 맞이하는 일도, 큰 변화도 없이 그저 같은 곳에서, 살기 위해 살아왔다는 걸 새삼 깨달았다.

"무빗들이 그런 것처럼 달의 뒤편에 있는 이 장소에서 우리도 우리의 가족과 세계를 만들고 싶어."

"……도라에몽."

진구가 도라에몽을 보았다. 루카 일행의 마음을 잘 알 수 있었다. 도라에몽이 "응." 하고 고개를 끄덕였다. 이설 마이크를 꺼내 입에 댄다.

"모두 준비됐어?"

배지를 단 에스펄들이 조금 긴장한 표정으로, 하지만 단호하게 고개를 끄덕인다. 도라에몽이 말했다.

"'에스펄은 전설 속 생물이고.'"

그 뒤를 진구가 이어받았다.

"'우리와 같은 인간'!"

마이크에 대고 그렇게 말하자 안테나가 회전을 시작했다. 보이지 않는 바람을 맞아 부웅, 하고 흔들렸다.

루카의 가슴에 달린 배지가 빛난다.

작은 회오리바람 같은 빛이 떠올라 루카의 머리, 토끼 귀의 센서를 부드럽게 감싼다. 반짝반짝반짝반짝─ 빛이 토끼 귀 주변을 맴돌았다.

루나의 머리 위에도.

아루의 주위에도.

에스펄들 모두를 감싼다.

빛이 사라졌을 때, 모두의 머리에서 토끼 귀 센서는 사라지고 없었다. 모두가 만족한 듯, 기쁜 듯 미소 짓고 있었다.

"고마워⋯⋯."

모두를 대표해서 루카가 인사를 했다. 진구가, "잘됐어, 루카." 하고 천진난만하게 기뻐했다.

그 옆에서 도라에몽이 몹시 차분한 표정을 짓고 있었다. 말하기가 어렵다는 듯, "진구야⋯⋯." 하고 부른다.

"왜?"

그렇게 묻는 진구의 눈을 도라에몽이 지그시 바라본다.

"이제부터는 에스펄들의 평화로운 생활이 보호되도록 누구의 눈에도 띄지 않는 편이 좋을 거야."

"앗!"

진구의 입에서 짧은 비명이 새어 나왔다. 퉁퉁이가 묻는다.

"무슨 소리야?"

"이셜 클럽은 해산! 우리가 배지를 계속 달고 있으면 지구의 누군가가 이 왕국의 존재를 눈치챌 날이 올지도 몰라. 루카가 망가뜨린 달 탐사기도 고칠지도 모르고……. 우리는 이제 배지를 떼는 편이 좋다는 뜻이야."

"에엣~!"

"이제 다들 못 만나는 거야?"

"그런~!"

이슬이와 비실이가 쓸쓸한 듯 말했다. 진구도 물론 괴로웠다. 루카와의 작별은 슬프다. 하지만……

진구가 자신의 가슴에 달린 배지를 바라보았다.

이것은 루카의 새로운 여행이다.

친구의 결심을 응원해주고 싶다.

그렇게 생각하고 조용히, 슬쩍 앞으로 몸을 돌려 루카를 보았다.

토끼 왕국의 게이트 앞.

무빗들과 에스펄들, 모두가 진구와 도라에몽 앞에 섰다. 배웅해준다.

"노래 연습, 계속해."

퉁퉁이가 아루에게 다가가 몸을 숙이며 비스킷을 건네주었다.

지구에서 달로 올 때, 부모님 가게 선반에서 아루에게 주려고 가져온 것이었다. 받아든 아루가 눈물을 글썽이며, 그래도 억지로 웃음을 지으며 고개를 들었다.

"응!"

그 옆에서 루나가 비실이와 악수를 한다.

"비실 씨를 잊지 않을게요."

그 말에 비실이가 "나도~!" 하며 분수처럼 눈물을 흘린다.

"안녕, 노빗."

이슬이가 노빗을 쓰다듬어주자, 노빗도 울먹이는 얼굴로 "노비비~!" 하고 인사한다. 그 위에서 노빗보다 더 요란하게 눈물을 흘리던 토끼 괴물이 "무가비비!!" 하고 울며 이슬이에게 안겨 온다.

도라에몽을 향해 뻐기듯 내민 것은 물론 모조였다.

"모두에게는 제가 있을 테니 괜찮습니다!"

"후후후후후, 부탁할게."

저마다 작별을 아쉬워하는 가운데, 마지막으로 루카가 진구 앞으로 나섰다.

"진구야……."

"루카……."

작별의 시간이 바로 앞으로 다가와 있었다. 알고는 있었지만, 그렇게 생각하니 오히려 무슨 말을 하면 좋을지 알 수가 없었다.

마지막이니까 환하게 인사하는 게 좋겠다고 생각해서 진구가 "즐거웠어." 하고 말하던 그때였다.

진구의 말이 채 끝나기도 전에 갑자기 루카가 진구의 목을 꼭 끌어안았다.

"친구가 돼줘서 정말 고마워."

그 목소리가, 팔이, 가슴이 떨리고 있었다. 슬프기만 한 눈물이 아니라는 건 진구도 알았다. 진구가 눈을 감았다. 루카의 손에, 진구가 자신의 손을 포갰다.

눈을 뜨고 루카의 손을 잡으며 마주 보았다.

"다 장난이야. 배지가 없어도 언제든지 만날 수 있어."

루카가 어리둥절한 표정으로 이쪽을 본다. 진구가 웃었다.

"그러니까, 우리에게는 상상력이라는 게 있으니까."

지구에서 달을 볼 때마다 진구는 틀림없이 그 너머에 있을 루카와 친구들을 생각할 것이다.

달에서 지구를 바라보는 루카도 그것은 마찬가지일 터. 서로의 별을 볼 때마다 생각한다. 상상한다. 진구와 루카는 그럴 때마다 만나는 것이다.

진구의 말에 루카가 퍼뜩 깨닫는다. 그리고— 웃었다. 정말 환한 얼굴로.

"응!"

"언젠가 달의 뒤편에 루카와 친구들의 왕국이 생겼을 무렵, 지구와도 왕래가 가능할지 몰라."

"우리는 초능력도 잃고 보통 인간이 됐지만, 진구 너희한테 무슨 일이 생기면 꼭 달려갈게. 친구니까."

루카가 말했다. 진구의 눈을 똑바로 바라보면서.

"달에서 늘 보고 있을게."

도라벌룬이 마지막 여행에 나섰다.

달에서 지구로. 그들이 사는 별로.

서로의 모습이 완전히 보이지 않기 직전까지, 루카와 진구 일행은 손을 흔들었다. 작별의 말을 보낸다.

"잘 지내!"

"진구도!"

"안녕~!!"

언젠가 달에 가는 게 당연한 일이 되는 그날까지.

멀어져 가는 친구의 모습을 눈앞에 두고 진구가 가슴속으로 중얼거렸다.

그날까지, 바이바이, 루카.

270

"안녕, 진구야."

모습이 보이지 않게 되고 나서 루카가 중얼거렸다.

토끼 왕국의 돔이 따뜻한 빛을 발하며 호젓하게 달의 뒤편에서 빛나고 있었다.

　노씨 집 안의 거실에서 텔레비전 뉴스가 흘러나오고 있었다.

　아나운서 뒤에 비친 화면은 달. 자막에는 '특집-달의 기적'이라고 적혀 있다.

　〈며칠 전부터 끊겼던 달 탐사기와의 통신이 기적적으로 복구됐습니다.〉

　아나운서의 목소리를 덧씌우듯 안에서 앞치마로 손을 닦고 어머니가 나와서 말을 건넸다.

　"진구야~!"

　오늘도 분명 지각할 거야. 서두르라고 말했지만, 집 어디에서도 대답이 없다.

　"어머?"

　텔레비전 앞에도 없고, 2층에도 기척이 없다. 도라에몽의 목소리도 들리지 않는 것으로 봐서 둘이 함께 나간 모양이었다.

　"벌써 나갔다고? 상당히 빨리 나갔네……."

텔레비전 안에서 복구됐다는 달 탐사의 영상이 흘러나오고 있었다.

황량한 크레이터가 계속되는 달세계. 거기에 특별한 것은 전혀 비치지 않았다.

뒷산. 억새밭 근처.

단풍나무 아래 깊은 구멍이 뚫려 있다. 루카가 타고 온 우주선을 숨겨둔 그 장소였다.

구멍 안에 있는 것은 '이설 클럽 멤버스 배지'가 들어 있는 상자와 마이크.

그 구멍을 진구, 도라에몽, 이슬이, 퉁퉁이, 비실이가 들여다보고 있었다. 모두 책가방을 메고 있다. 학교 가기 전에 잠시 모인 것이다.

모두가 서로를 본다. 고개를 끄덕였다.

퉁퉁이와 비실이가 삽으로 흙을 끼얹었다.

"달 뒤편의 비밀을 지키는 거야."

진구가 중얼거렸다.

메운 흙을 위에서 삽으로 더욱 단단하게 다지고 나니 어디가 구멍이었는지, 어느 곳이 배지를 묻은 장소였는지 더는 알 수가 없게 되었다.

바람이 불어 단풍나무 잎사귀가 머리 위로 떨어졌다.

모두가 하늘을 올려다보았다.

그 하늘에서 보이는 것을 깨닫고, 모두 웃는 얼굴이 되었다.

학교 쪽에서 종소리가 들려왔다.

딩동댕동, 하는 그 소리에 이슬이가, "큰일 났다, 지각이야!" 하고 서둘러 말한다.

"서두르자!"

"그래!"

"같이 가!"

저마다 그렇게 말하며 다 같이 뒷산을 달려 내려갔다.

그 머리 위에서 한낮의 달이 빛나고 있었다.

※ 본서는 새로 쓴 작품입니다.

※ 본 작품은 픽션이며, 등장하는 인물, 단체,
　 사건 등은 모두 가공의 것입니다.

우주감수 / 와타나베 카츠미(사가 현립 우주과학관 관장)

역자 김해용

경희대학교 국어국문학과를 졸업하고 출판 편집자로 일하다가, 프리랜서 번역가로 다양한 장르의 책들을 번역하고 있다. 주요 번역 작품으로 〈악스AX〉, 〈방해자〉, 〈나오미와 가나코〉, 〈버라이어티〉, 〈존댓말로 여행하는 네 명의 남자〉, 〈내 아내와 결혼해주세요〉, 〈추억의 시간을 수리합니다 1~4〉, 〈브레이브 스토리〉, 〈퍼펙트 블루〉, 〈도쿄 돌〉, 〈슬로 굿바이〉 등의 소설과 〈나는 왜 혼자가 편할까?〉, 〈나만 바라봐〉 등의 자기계발서, 〈조류학자라고 새를 다 좋아하는 건 아닙니다만〉, 〈지성만이 무기다〉 등의 인문서가 있다.

소설 극장판 도라에몽 : 진구의 달 탐사기

초판 1쇄 인쇄 2019년 7월 29일
초판 1쇄 발행 2019년 8월 5일

원 작 자 후지코.F.후지오
지 은 이 츠지무라 미즈키
옮 긴 이 김해용
펴 낸 이 권기대
펴 낸 곳 베가북스
총괄이사 배혜진
편   집 강하나, 박석현
디 자 인 유혜연
마 케 팅 황명석, 연병선

출판등록 2004년 9월 22일 제2015-000046호
주   소 (07269) 서울특별시 영등포구 양산로3길 9, 201호
주문 및 문의 (02)322-7241 팩스 (02)322-7242

ISBN 979-11-90242-01-1 03830

※ 책값은 뒤표지에 있습니다.
※ 좋은 책을 만드는 것은 바로 독자 여러분입니다.
  베가북스는 독자 의견에 항상 귀를 기울입니다.
  베가북스의 문은 항상 열려 있습니다.
  원고 투고 또는 문의사항은 vega7241@naver.com로 보내주시기 바랍니다.

홈페이지 www.vegabooks.co.kr
블로그 http://blog.naver.com/vegabooks.do
인스타그램 @vegabooks   트위터 @VegaBooksCo   이메일 vegabooks@naver.com